Michael Fehr
Hotel der Zuversicht

Michael Fehr
Hotel der Zuversicht

1. Auflage, 2022
ISBN 978-3-03853-120-3
© Der gesunde Menschenversand GmbH, Luzern
Alle Rechte vorbehalten

Lektorat: Barbara Berger
Gestaltung: Patrick Savolainen, Affolter/Savolainen
Druck: Pustet, Regensburg

Der Verlag bedankt sich für die Unterstützung bei:
Kultur Stadt Bern, SWISSLOS / Kultur Kanton Bern,
Burgergemeinde Bern

Der gesunde Menschenversand wird vom Bundesamt
für Kultur für die Jahre 2021–2024 unterstützt.

www.menschenversand.ch

MICHAEL FEHR
HOTEL DER ZUVERSICHT

7	Hotel der Zuversicht
9	The movement of shadows
16	Potremtlek Langtang
17	Merkur Stahl und Lorbeer Hesse
23	Meteorologe Lavendel Wellington
31	Die ganze Nacht in den Rostenharzschen Ateliers
40	Kleines zweistöckiges Haus
49	Krieg
56	Mantra und Mandel
64	Migräne
66	Besuch Hannibal Nagelkants bei den Grosseltern
72	Schwarze Kassetten
78	Washington-Schule für Elixiere
84	Pink Fuck
87	Die Bedrohungslage
90	Luthar Ginsbergs schriftstellerische Lesungen
92	Leuchtende Gesichter
94	Flug TP1105 nach Singapur
98	Ein Mädchen wie Honig
101	Der schlechteste Gitarrist der Stadt und der beste Gitarrist der Stadt
103	Einige Leute und etwas Gravierendes
105	Ums Haus herum ist still
108	Sarah
110	Ruin einer Gärtnerei
112	Der Störrdoktor und der gerechteste Kempelzer

118	Der Brooklyn-Zug
122	Ein Mann und eine Gruppe von Kristallklötzen
125	Es ist der letzte Sommertag dieses Jahres
130	Die Torte
131	Frauen klauen
133	Qualm
135	Der Demonstrationszug unter dem Befehl unserer Mutter
138	Radon nimmt Hunde und Penelope dreht die Musik auf
139	Grassuppe
140	Auf dem Trottoir
143	Die Rekruten und der Räuberhäuptling
147	Herbert und Mefisto an den Klarinetten
149	Ein wissenschaftliches Experiment
153	Das Problem des Zoos
155	Die Verbringung des Schweizer Goldes durch Costalena Rauch
158	Die Verfolgung des verdächtigen Seiltänzers
162	Der hundertjährige Holzboden
163	Mademoiselle La Rouge
169	Schichtkrebse
173	Silberblaues Interieur eines antiquierten Palasthotels
177	Zwei Frauen, ein Bankvorsteher und ein Friseur
184	Die Verlobte
188	Ein übergrosser Tropfen Wasser

HOTEL DER ZUVERSICHT

Einem einfachen Mann, der nur die Strasse entlanggehen will, wird, als er an einem Hoteleingang vorbeikommt, vom Pagen, der in einer etwas überzeichneten Lässigkeit am Eingang auf einem verworren gemusterten Teppich herumsteht, versichert, dass man für ihn ein ausserordentliches Zimmer gebucht und die Rechnung bereits im Voraus beglichen habe. Der einfache Mann bleibt stehen. Der Page trägt eine enge rote Samtjacke und eine Pluderhose aus schwarzer Seide.

Der einfache Mann: «Meinen Sie mich?» Der Page: «So wahr ich auf diesem Teppich stehe. Ich kann Sie hinfliegen. Steigen Sie auf.» Der einfache Mann betritt den Teppich. Der Page: «Nun legen Sie sich auf den Rücken.» Der einfache Mann tut wie geheissen. Der Page legt sich neben ihn auf den Rücken. Schon flattert der Teppich und schwingt sich in die Luft.

Der einfache Mann denkt sich noch, dass er immer glaubte zu wissen, dass man auf einem fliegenden Teppich sitzt, nicht liegt. Dann aber vergisst er den Gedanken, weil er sich rückhaltlos mit der Frage beschäftigt findet, wie es ihm denn in aller Welt gelingen sollte, auf dem Rücken liegend nicht vom Teppich zu fallen und zu Tode stürzen zu müssen.

Der Teppich bewegt sich fürchterlich schnell und wie eine einzige flache, glatte Lebendigkeit. Der Page hebt immer wieder den Kopf, um auf dem Rücken liegend über den Teppichrand hinaussehen und sich in der Stadt orientieren zu können. Der Page: «Blöd aber auch, ich habe vergessen, wo sich Ihr Zimmer befindet.»

Der einfache Mann hat einfach nur Angst und versucht sich auf dem Rücken liegend mit den Fingern beider Hände in den Borsten des Teppichs zu verkrallen, der sich bewegt wie eine gesengte Sau, und hört nicht hin. Der Page: «Zum Glück, jetzt weiss ich es wieder.»

Und plötzlich steht der Teppich senkrecht in der Luft und gibt den Blick frei auf die Stadt, die aus der Luft besehen dieselben Farben, dieselben Muster und dieselbe Struktur wie der Teppich zu haben scheint.

Dann sticht der Teppich wie ein Raubvogel hinab. Der einfache Mann glaubt fest daran, in seinen schnellen Tod zu rasen. Da findet er sich vom Teppich geworfen auf glasiert hellblauem Mosaikboden wieder. Er steht auf, steht auf dem blauen Mosaikboden.

Das Zimmer um ihn herum besteht lediglich aus filigranen Mauerbögen und einem Kuppeldach. Nicht mehr so spektakulär wie vorhin im Fluge, aber er hat dennoch Blick über die gemusterte Stadt. Er sieht den Teppich mit dem Pagen davonfliegen.

Der einfache Mann wüsste nicht, auf welche Weise er das Zimmer allein wieder verlassen könnte, geschweige denn, welche Dauer man für seinen Verbleib hier vorgesehen hat. Aber der blaue Boden verströmt eine solche Zuversicht, dass er nicht anders kann, als sich dieser hinzugeben und sich wieder hinzulegen.

Schon geht sein Atem ruhig.

Schon ist er eingeschlafen.

THE MOVEMENT OF SHADOWS

Auf einem kleinen Schloss wohnt ein erwachsener Sohn immer noch bei seiner Mutter. Im Erdgeschoss befinden sich ein einziger Saal, dessen Wände über und über mit kurzen, bis hin zu beachtlich langen Orgelpfeifen verkleidet sind, angrenzend eine kleine Kammer, ausgestattet mit der Technik zur Bedienung der Orgel, und auf der anderen Seite eine kleine, rustikale und blitzblanke Küche. Im Obergeschoss, welches wegen der höchsten Orgelpfeifen in einiger Höhe über dem Erdgeschoss angelegt ist, kommen einige weitere kleine Kammern hinzu. Damit hat es sich dann aber auch, grösser ist das Schloss nicht.

Im Erdgeschoss in der Kammer mit der Ausrüstung zur Bedienung der Orgel sitzt der Sohn zusammengekrümmt und mit hängenden Schultern so trübselig an der Orgeltastatur, dass sein Kopf nur wenig über den auf der Tastatur herumdrückenden Fingern hängt. Er studiert herum und probiert herum, singt dazu. Die Tür ist geschlossen. In der Kammer klingt die Orgel zwar immer noch voll und wuchtig. Gegenüber dem Dröhnen und Brausen der schrillen bis hin zu dumpfen und erschütternden Orgelpfeifen nebenan im Saal verhält es sich mit dem Klang der Orgel in der Kammer aber so, dass die eigene Singstimme immerhin nicht vollkommen vom begleitenden Orgelspiel zugedröhnt und weggefegt wird.

Der Sohn drückt die Tasten und singt:

«This is the movement of shadows I'm feeling.»

Es ist ein wirklich einfühlsames Lied, an dem er arbeitet, aber es will ihm einfach nicht bis zum Ende einfallen. Der Schluss fällt ihm nicht ein, obwohl doch zu einem guten Lied ein verdammt guter Schluss gehört. Er haut mit der einen Hand zweimal auf die Tastatur. Die Orgel antwortet, indem sie zweimal knurrt.

Der Sohn springt von seinem Schemel auf, reisst die Tür auf, rennt im Saal zum Kamin, der in gewissem Abstand von der Wand entfernt gebaut ist, mit einem freistehenden, säulenartigen Schlot, was nötig ist, da die Wände ja besetzt sind von den Orgelpfeifen, reisst ein halb verkohltes Scheit aus dem Kamin, rennt den Wänden entlang und lässt dabei das Holzscheit in der ausgestreckten Hand die Säulen der Orgelpfeifen entlangrattern und ruft dazu:

«Verflucht, verdammt, verreckt!»

Da betritt auf einmal die Mutter den Saal:

«Was ist denn in dich gefahren?»

Der Sohn hält inne, schmeisst das Holzstück auf den Boden:

«Nichts, mir fällt nichts ein, ich bin schlecht.»

Die Mutter geht in die Küche:

«Folge mir!»

Der Sohn folgt.

In der Küche füllt die Mutter zwei bauchige Kristallgläser randvoll mit Burgunderwein.

«Wir nehmen einen Schluck Burgunder. Wir müssen ein ernstes Gespräch führen.»

Die Mutter reicht dem Sohn ein Glas. Beide trinken.

Der Sohn: «Was für ein Gespräch?»

Die Mutter: «So kann ich nicht schreiben.»

Der Sohn: «Was willst du denn schreiben?»

Die Mutter bringt einige Seiten Papier zum Vorschein:

«Da.»

Der Sohn betrachtet die Seiten, klemmt die Augen zusammen, macht ein verdutztes Gesicht.

«Das kann ich nicht lesen. Wer soll das denn lesen können, die Schrift ist unleserlich krakelig und zittrig.»

Der Sohn gibt die Seiten zurück und betrachtet die Mutter etwas eingehender.

«Und was fällt dir eigentlich ein, seit Tagen mit kohlenschwarzem Gesicht herumzulaufen?»

Die Mutter nimmt einen Schluck Burgunder, stellt das Glas ab, fährt mit dem Zeigefinger über die Stirn, zeigt dem Sohn die kohlenschwarze Fingerkuppe.

«Ich beschäftige mich damit, Briefe zu schreiben, und zwar von Hand. Ich will im Obergeschoss in meiner Kammer Briefe von Hand schreiben, und wenn ich sage von Hand, dann meine ich von Hand. Ich will poetische Briefe mit diesem meinem eigensten Finger verfassen. Wenn aber im Erdgeschoss unablässig die Orgel dröhnt und faucht und rasselt, versetzt die Bestie mein armes, liebes, eigenes Kämmerlein im Obergeschoss meines eigenen Schlosses ins Zittern und ich zittere auf meinem lieben Stuhl und der Tisch zittert und das Papier zittert und die Folge davon ist, dass meine Briefe ganz und gar unleserlich geraten. Aber ich will von den Holzscheiten im Kamin die verkohlten Enden abbrechen und zerbröseln und in die Hände spucken und mir mit Spucke und Kohle das Gesicht schwärzen. Oben an meinem lieben Tisch lecke ich den Zeigefinger ab und schwärze ihn an meinem schwarzen Gesicht und schreibe Briefe. Ich bin nicht länger bereit, dein Orgelspiel hinzunehmen, es schadet meinen Bedürfnissen und meinem Vorhaben.»

Der Sohn: «Aber bisher störte es dich doch nie. Wenn dich mein Orgelspiel stört, dann stört mich vielleicht auch dein schwarzes Gesicht.»

Die Mutter: «Wie kommst du dazu, das ist überhaupt nicht vergleichbar. Mein Gesicht ist doch gar nicht zu sehen, während die Orgel aber im ganzen armen Schloss rauscht.»

Der Sohn: «Aber ich sehe doch dein Gesicht, wie du hier vor mir stehst.»

Die Mutter: «Aber ich sehe es nicht, und es ist mein Gesicht und ich will es geschwärzt haben und von Hand

Briefe schreiben, und ich nehme deinen Radau nicht länger hin. Ich schliesse die Kammer mit der Orgeltechnik ab und von heute an wirst du nicht mehr Orgel, sondern Flügel spielen.»

Die Mutter nimmt einen Schluck Burgunder, rauscht dann aus der Küche durch den Saal, schliesst auf der anderen Seite die Tür und schliesst sie mit dem dazugehörigen Schlüssel zweimal ab und zieht den Schlüssel ab.

Da geht in der Küche quietschend ein Gewinsel los. Der Sohn kommt erniedrigt aus der Küche in den Saal gekrochen. Jedes Vorwärtskommen bereitet ihm unendliche, trauernde Mühe.

«Aber ich will nicht Flügel spielen, bitte lass mich niemals auf dem Flügel spielen. Es tut weh, es tut mir so grauenhaft weh, wie du mich demütigst.»

Der Sohn weint untröstlich und kriecht im Saal herum.

«Ich will einfach nicht auf dem Flügel spielen, er ist böse und klingt wie die Missgeburt einer Orgel.»

Die Mutter geht zum Kamin, geht in die Knie, greift hinein, zerbröselt verkohlte Holzstücke, spuckt in die Hände und schmiert sich kohlrabenschwarz das Gesicht ein.

«So ist es recht. Das dürfte eine schaurige Schwärze ergeben, gleich werde ich nach oben gehen und etwas wunderbares Briefliches aufschreiben.»

Der Sohn: «Liebe Mutter, es ist schlimm.»

Die Mutter: «Mach Schluss mit dem Gewinsel, ich habe dir diesen tollen Flügel installieren lassen.»

In der Mitte des Saals steht ein schwarzer Flügel fast gänzlich zugedeckt von einem alten, abgewetzten, burgunderfarbenen Bühnenvorhang, und auf dem in seiner ganzen Schwere über den Flügel drapierten Vorhang stehen Kerzenleuchter, so dass sich der Flügel fliessend in das Bild des Saals integriert und gar nicht auffällt, obwohl er ziemlich genau in der Mitte steht.

Die Mutter zündet die Kerzen an und setzt sich an den Flügel.

Der Sohn liegt kraftlos und ermattet irgendwo im Saal am Boden.

Die Mutter beginnt zu spielen.

«Es ist ein grossartiges Lied, an dem du arbeitest. Du brauchst nur noch einen echt guten Schluss.»

Die Mutter spielt und singt:

«This is the movement of shadows I'm feeling.»

Die Mutter spielt die Begleitung der Melodie einfühlsam auf dem Flügel und dazu macht sie wahnsinnig gute klangliche Verzierungen in den perlenden, hohen Tonlagen des Flügels und am Ende spielt sie auch noch einen verflucht guten Schluss – genau den Schluss, den sich der Sohn vorgestellt hat, der ihm aber nicht einfallen wollte. Der Sohn merkt auf. Dass sein eigenes Lied so unerwartet zu einem so grossartigen Schluss kommt, belebt ihn in seiner Hingabe an die Trauer und Mutlosigkeit dermassen, dass er aufsteht.

Der Sohn: «Lassen wir es gut sein. Lass mich auf dem Flügel spielen, dann spiele ich eben Flügel.»

Die Mutter: «Siehst du, es ist doch gar nicht so schlimm.»

Zufrieden und mit einem ganz nach ihren Bedürfnissen tiefgeschwärzten Gesicht verlässt sie den Saal.

Der Sohn setzt sich an den Flügel, spielt und singt:

«This is the movement of shadows I'm feeling.»

POTREMTLEK LANGTANG

Als der Geschäftsmann Potremtlek Langtang in seinem Haus unvermittelt stirbt, hinterlässt er sein Geschäft mit dem klingenden Namen «Langtang Investitionen International» und seine drei Rassewachhunde.

Die drei Hunde bugsieren den Leichnam ihres ehemaligen Ernährers zur Kellertür, öffnen die Tür, werfen den Leichnam die Kellerstiege hinab, schliessen die Tür und verschwenden keinen weiteren Gedanken daran. Mögen im Keller die Ratten den Leichnam holen.

Die Rassewachhunde übernehmen das Geschäft. Sämtliche Investitionen werden per Computer getätigt und sämtliche Benefits per Computer eingeheimst. Die Hunde müssen nur sorgfältig verhindern, dass sie sich jemals in die Bedrängnis bringen, dass sie jemanden persönlich treffen oder ein Telefongespräch führen müssten.

Die Hunde lassen sich raue Mengen rohes Fleisch an die Haustür liefern, das sie nachts hereinzerren und über das sie sich dann hermachen, wenn sie die Lust überkommt.

Die abgenagten Knochen verteilen sie im Haus, weniger interessante Exemplare werfen sie die Kellerstiege hinab, denn das haben sie sich gemerkt, dass sich auf diesem Weg Dinge bis auf Weiteres von der Bildfläche zum Verschwinden bringen lassen.

MERKUR STAHL UND LORBEER HESSE

Zwei einstige Freunde, Merkur Stahl und Lorbeer Hesse, der erste ein gewaltiger Mann, der zweite ein eher schäbigerer, schrillerer, allerdings auch eigentümlich präzise wirkender Mann, haben sich mit der Zeit aus den Augen verloren, erkennen sich aber sofort wieder, als sie sich vor der Brasserie über den Weg laufen, in der sie sich einst regelmässig zusammen mit anderen Freunden zu einer Tischrunde trafen, um französische Schinkenbrote zu essen und belgisches Bier zu trinken.

«Was für ein Zufall! Kann es denn wahr sein? Lorbeer! Mein Freund!» «Merkur! Was für eine Freude! Was für ein Zufall! Dass wir uns gerade hier über den Weg laufen! Unmöglich.»

Die Freunde umarmen sich und klopfen sich auf die Schultern.

«Nun bleibt uns fast nichts anderes übrig, als auf ein Bier hineinzugehen. Sag, hast du Zeit?» «Aber selbstverständlich, ich habe gerade überhaupt nichts anderes zu tun.» «Dann lass uns schleunigst hineingehen, lass uns sehen, ob es unseren Tisch noch gibt.»

Merkur und Lorbeer betreten die Brasserie. Drinnen gibt es viel abgenutztes, aber sauber gehaltenes Holz, einige Spiegel an den Wänden und natürlich kann man durch die grosszügigen Fenster das Treiben draussen auf der Strasse betrachten. Den Tisch, an dem sich die Freunde einst zusammenzufinden pflegten, gibt es noch und er ist frei. Merkur macht eine Handbewegung, die aussieht, als würde er dem Tisch zuwinken.

«Setzen wir uns an unseren Tisch.»

Sie setzen sich. Lorbeer streicht mit der Hand über die saubere Tischplatte. Ein gutes Gefühl. Er kann es nicht lassen und klopft Merkur noch einmal anerkennend auf die Schulter.

«Ich vergass mit der Zeit ganz, was für ein unzimperlicher Mensch du bist, wirklich bemerkenswert gewaltig.» «Ja, manche Dinge ändern sich nicht, wie du siehst. Sag, wollen wir lieber Tee als Bier trinken?» «Warum Tee, ich will lieber Bier.» «Ganz wie früher, lass uns Bier bestellen.»

Merkur ruft durch die Brasserie: «Zwei belgische Biere an unseren Tisch, bitte, und zwei französische Schinkenbrote.»

«Wie geht es dir, Merkur?» «Gut, danke, es geht mir gut. Ich kann nichts anderes sagen, es geht mir gut, aber wie geht es dir?» «Sehr gut, danke, ich bin mittlerweile Konstrukteur, und ich darf dazu sagen, ein herausragender Konstrukteur. In manchen Betätigungsfeldern gelte ich als Mass der Dinge.» «Nein, wirklich wahr?» «Doch, es stimmt.» «Kannst du mir ein Beispiel geben, damit ich mir etwas darunter vorstellen kann?» «Beispielsweise meine neuste Konstruktion ist eine Bombe.» «Ja, das glaube ich dir, aber was ist es denn?» «Nein, ich meine es nicht sinnbildlich, ich meine, es ist wirklich eine Bombe.» «Nein, das ist ja verheerend.» «Aber nein, du brauchst kein schlimmes Gesicht zu machen, es ist nicht schlimm. Hör zu, es ist eine formidable Bombe. Du musst dir vorstellen, es gibt das Problem, dass etwas im Meer versinkt, ein in Brand geratenes Boot beispielsweise oder ein in Brand geratenes Flugzeug.»

Bier und Schinkenbrote werden auf den Tisch gestellt. Die Freunde nehmen einen Schluck Bier. Lorbeer ergreift sein Schinkenbrot zur Veranschaulichung. Er bewegt das Schinkenbrot an der Tischkante vorbei nach unten, so dass es für Merkur auf der anderen Seite vom Tisch aussieht, als würde das längliche Brot in Not geraten versinken.

«Ein Boot oder ein Flugzeug versinkt im Meer, das Boot sinkt oder das Flugzeug, nun befindet sich aber meine besondere Bombe an Bord.»

Lorbeer legt das Brot auf den Teller zurück und zeigt mit spitzen Fingern, wie von allen Seiten das Wasser mit voller Kraft gegen den Rumpf drückt und eindringt.

«Das Wasser dringt von allen Seiten ein. Nun muss sich die gesamte Besatzung einfach möglichst nahe an der Bombe einfinden, ganz im Unterschied zu gewöhnlichen Bomben. Bei meiner Rettungsbombe müssen sich alle möglichst nahe an der Bombe zusammenkauern. Das Wasser dringt ein.»

Nun behilft sich Lorbeer mit ein wenig Bier. Er kippt ein wenig Bier über das Brot, das Bier schäumt und rinnt über das Brot. Merkur schaut mit grossen Augen zu.

«Nun wird die Bombe zur allerseitigen Rettung gezündet, und was passiert?» «Ich weiss nicht, es ist deine Bombe.» «Ja, es ist eben meine ganz besondere Bombe, die Hesserettungsbombe. Die Bombe wird gezündet und hat so viel Kraft, dass sie ganz einfach das bedrohliche Wasser nach allen Seiten wegdrückt. Deshalb muss die Besatzung warten, bis sie im bedrohten Rumpf auf Grund läuft, denn sobald die Bombe sämtliches Wasser im Umkreis mit voller Kraft verdrängt, wird der Raum von einfacher Luft eingenommen.»

Lorbeer nimmt das Brot, schiebt es über die Tischkante. Es fällt zu Boden.

«Der bedrohte Rumpf würde fallen, bis er am Meeresgrund aufschlagen würde. Das wäre gefährlich, deswegen muss die Besatzung warten, bis sie auf Grund läuft, bevor die Bombe gezündet wird. Wird sie gezündet, verdrängt sie also das Wasser, die Besatzung kann aussteigen, und wenn nun von oben beispielsweise aus Hubschraubern Seile in die Tiefe gelassen werden, kann sich die Besatzung ganz einfach retten, indem sie an den Seilen hinaufklettert. Dann werden die Seile eingezogen, die Hubschrauber gewinnen Höhe, die Kraft der Bombe ist verbraucht. Mit voller Kraft schlägt das Meer zurück, erobert sich seinen Raum zurück. Wassermassen schlagen aufeinander, Gischt spritzt hoch hinaus.»
«Unglaublich, unmöglich.»

Lorbeer hebt sein Brot vom Boden auf und beisst hinein.

«Doch, es ist zwar ungewöhnlich, aber möglich mit den modernen Erkenntnissen der Konstruktionsbranche und mit einem schnellen Kopf.»

Lorbeer kaut mit langsamer, runder, malmender Kieferbewegung und tippt sich mit einem Finger an die Schläfe. Merkur beisst in sein Schinkenbrot. Kaum ist der Bissen im Mund, ist er auch schon verschluckt.

«Ich muss einen Schluck Bier nehmen, unglaublich.» «Ja, und ausserdem habe ich eine wahnsinnig biegsame Leiter konstruiert.» «Wozu?» «Stell dir vor, wir würden alle zusammensitzen in unserer früheren Tischrunde, genau an diesem Tisch, und ich würde die Geschichte meiner Bombe erzählen und alle Freunde könnten die Geschichte kaum glauben und würden dasitzen mit grossen Augen, weiten Nasenlöchern und offenen Mündern, und ich wäre umgekehrt so fasziniert vom Kreis der offenen Münder, in die ich hineinsehen könnte, bis nach hinten zum Gaumen und den Rachen hinab, dass ich nicht mehr an mich halten könnte. Ich würde über den Tisch kriechen und einem unserer Freunde in den Mund hinein, um weiter hinab in den Rachen sehen zu können, um zu sehen, wohin der Rachen führt und was es noch weiter unten zu sehen gäbe. Ich wäre so fasziniert, dass ich meine eigene Sicherheit ausser Acht lassen würde. In der Feuchtigkeit der Mundhöhle würde ich ausrutschen und in den Rachen hinabfallen, ich würde feststecken und könnte mich von allein nicht mehr befreien. Nun bräuchte nur jemand anderes von unseren Freunden meine besonders flexible Hesseleiter dem Freund in den offenen Mund zu schieben, in dessen Schlund ich verschwunden wäre. Die Leiter würde sich hinten am Rachen gemäss ihrer besonderen Biegsamkeit nach unten in den Rachen verbiegen und mir entgegenkommen. Ich könnte die unterste Sprosse ergreifen, mich daran hochziehen und dann Sprosse für Sprosse aus dem Rachen in die Mundhöhle emporsteigen und am Ende gesund und munter aus dem Mund unseres Freundes wieder herausspringen.»

Merkur kann es nicht lassen und klopft dem alten Freund so schwungvoll auf die Schulter, dass es diesen schüttelt.

Und Merkur ruft durch die Brasserie: «Mein alter Freund Lorbeer Hesse und ich benötigen bitte zwei weitere Schinkenbrote und zwei Biere an unseren Tisch. Wir haben unglaubliche Dinge zu besprechen.»

Und bis Bier und Brote an den Tisch gestellt werden, lässt Merkur Stahl nicht mehr davon ab, Lorbeer Hesse auf die Schulter zu klopfen.

METEOROLOGE LAVENDEL WELLINGTON

Eine Schulklasse besucht im ewigen Schnee und Eis den Meteorologen Lavendel Wellington. Die Schulkinder tragen weisse Fellmäntel mit Kapuzen. Auch der Lehrer trägt einen weissen Fellmantel mit Kapuze. Das Wetter ist glücklicherweise weiss wie Schnee und Eis. Aber es schneit nicht, so dass die Klasse weithin die Landschaft betrachten kann. Vor dem lavendelfarbenen Zelt des Meteorologen wartet die Schulklasse auf das Erscheinen Lavendel Wellingtons.

Wellington tritt in lavendelfarbener Plastikkleidung aus dem durch mehrere Überlappungen des Zeltmaterials gut verschlossenen Zelteingang hervor, aus dem er sich gewissermassen herausschälen muss um herauszukommen. In der Hand hält er mit festem Griff einen lavendelfarbenen Plastiksack, den er vor der Schulklasse auskippt. Kleine Konfitüregläser mit entsprechend kleinen Metalldeckeln kullern heraus.

Lavendel Wellington: «Willkommen, liebe Schulkinder.»

Die Schulkinder: «Guten Tag, Meteorologe Wellington, danke Ihnen, dass wir Sie besuchen dürfen. Wir sind sehr neugierig.»

Lavendel Wellington: «Das kann ich mir allerdings vorstellen, und ich darf euch verraten, zurecht. Beseht euch dieses Material, ihr dürft es auch anfassen, um euch zu vergewissern. Das Zelt, meine Kleidung und dieser Plastiksack sind aus dem genau gleichen Material hergestellt. Es ist Polarplastik. Was von Polarplastik ummantelt ist, kann nicht gefrieren, egal welche Temperaturen äusserlich herrschen. In meinem Zelt gefriert nichts, ich gefriere in dieser Kleidung nicht und in diesem Plastiksack gefriert nichts. Dieses Plastik kann in verschiedenen Farben bestellt werden. Ich bestelle sämtliches in Lavendelfarbe entsprechend meinem Vornamen, der bekanntlich Lavendel ist.»

Die Schulkinder reichen sich den Plastiksack weiter, so dass jedes Kind einmal in den Plastiksack hineinschauen und streichend und kneifend die Materialität befühlen kann.

Ein Kind streicht die Kapuze vom Kopf und fährt sich mit dem Plastiksack über die Wange. «Es fühlt sich ein bisschen an wie Haut.»

Lavendel Wellington: «Ganz genau, das ist eine gute Feststellung. Ein bisschen wie Haut, nur unvergleichlich strapazierfähiger.»

Wellington nimmt dem Kind den Plastiksack aus der Hand, öffnet ihn, steigt hinein, kauert sich zusammen, zieht den Plastiksack um sich herum nach oben, presst dann die Ellbogen auseinander und von innen gegen das Material des Plastiksacks, so fest es nur geht. Das Plastik hält der auf es einwirkenden Kraft offensichtlich mühelos stand, es reisst nicht.

Lavendel Wellington: «Seht ihr, Kinder, das meine ich mit strapazierfähig.»

Der Lehrer: «Alle Kinder müssen die Kapuzen auf den Köpfen tragen.»

Das Kind, das den Plastiksack mit der Wange befühlt hat, zieht die Kapuze seines Fellmantels wieder über den Kopf.

Lavendel Wellington: «Und seht nun diese kleinen Konfitüregläser. Es gab einmal eine Zeit, da machte ich als Meteorologe Furore. Ich wurde eingeladen, Vorträge zu halten auf Symposien, Konferenzen und als Berater zur Einrichtung oder Neueinrichtung meteorologischer Institute. So kam es, dass ich regelmässig in Hotels übernachtete. Vom Frühstück nahm ich dann jeweils diese kleinen Konfitüregläser mit, sie schienen mir geradezu ideal für meine Zwecke, und wie sich herausstellte, sollten sie sich dann auch als ideal erweisen. Wie ihr seht, benütze ich die Gläser bis heute. Ich nahm Bohrungen kleinsten Durchmessers in die Metalldeckel vor, so dass sich kleinste Löcher ergaben, wodurch wiederum auch bei verschlossenen Deckeln fein dosiert Luft in das Innere der Gläser gelangt.»

Die Kinder sammeln die kleinen Konfitüregläser vom Boden auf, beschauen sich die Gläser und vergewissern sich, indem sie die Deckel ganz nahe an die Augen halten, dass sich kleine Löcher in den Deckeln befinden.

Die Kinder: «Ja, wir können es sehen. Es sind Löcher in den Deckeln und man kann die Gläser fest zuschrauben.»

Lavendel Wellington: «Genau, nun verhält es sich so, dass ich in jedes Glas einige Tropfen ganz bestimmter Flüssigkeiten gebe, daraufhin die Gläser zuschraube und sie in einer bestimmten Choreografie in diesem Plastiksack, den wir gerade genauer betrachtet haben, anordne, worauf ich den Plastiksack je nach meinen aktuellen Interessen an bestimmten Stellen hier in der reinweissen Landschaft aufstelle. Ich mache den Plastiksack durchaus zu, aber nur von Hand. Ich verschnüre ihn nicht, denn wie ihr euch vorstellen könnt, muss Luft ins Innere des Plastiks dringen, um durch die Löcher in den Deckeln ins Innere der Gläser zu dringen.

Die Schulkinder: «Woraus bestehen die Flüssigkeiten, die Sie ins Innere der Gläser geben?»

Lavendel Wellington: «Ich bedaure, aber dazu darf ich euch leider keine Auskunft geben, denn das ist mein eigentliches Geheimnis. Würde es je auskommen, würden binnen kürzester Zeit sämtliche meteorologischen Institute weithin nach meiner Methode arbeiten und würden mich binnen kürzester Zeit im ewigen Schnee und Eis vergessen und zurücklassen. Nur so viel darf ich euch dazu verraten: Dem Anschein nach unterscheiden sich die Flüssigkeiten nicht von Wasser.»

Ein Schulkind ruft in die weisse Landschaft aus: «Meteorologie dünkt mich so wahnsinnig spannend, ich beginne richtiggehend zu schwitzen in meinem Fellmantel!»

Der Lehrer: «Alle Schulkinder müssen beim Besuch in der Kälte stets geschlossene weisse Fellmäntel und die Kapuzen auf den Köpfen tragen.»

Ein anderes Kind zu Lavendel Wellington: «Und nach einer gewissen Zeit bergen Sie den Plastiksack, bringen ihn in Ihr Zelt, untersuchen die Gläser und können aus den Untersuchungen das Wetter vorhersagen.»

Lavendel Wellington: «Das ist genau richtig. Du hast es genau verstanden.»

Das Schulkind: «Und wie genau ist Ihre Vorhersage?»

Lavendel Wellington: «Ich darf dir sagen, es ist die allergenaueste, die es gibt. Ich kann die Färbung des Himmels von weiss bis schwarz in hundert Graustufen mit hundertprozentiger Sicherheit voraussagen. Ich kann Schnee, Schneefall, Schneemenge, Beschaffenheit der Schneeflocken sowie deren Fallverhalten im Verhältnis zur exakten Windgeschwindigkeit in hundert Kategorien mit hundertprozentiger Sicherheit vorhersagen. Ich kann ein Gewitter sowie den genauen Zeitpunkt jedes einzelnen niedergehenden Blitzes sowie die Anzahl Verästelungen jedes Blitzes hundertprozentig sicher vorhersagen.»

Das Schulkind unterbricht Wellington: «Beeindruckend, und wie lange muss der Plastiksack in der Landschaft stehen?»

Lavendel Wellington: «Drei Tage. Dreimal vierundzwanzig Stunden.»

Das Schulkind: «Und wie lange benötigen Sie zur Untersuchung der Gläser, um zu Ihrer Vorhersage zu gelangen?»

Lavendel Wellington: «Fünfmal vierundzwanzig Stunden.»

Das Kind: «Relevant ist also der Zeitpunkt, zu dem Sie den Plastiksack in der Landschaft einholen und ins Zelt bringen.»

Lavendel Wellington: «Ja, genau.»

Das Kind: «Und wie viele Tage voraus zeigen Ihnen dann die Konfitüregläser das Wetter?»

Lavendel Wellington: «Drei Tage.»

Das Kind: «Sie brauchen aber fünf Tage zur Untersuchung der Gläser.»

Lavendel Wellington zieht die Schultern hoch, so dass leise das lavendelfarbene Plastik seiner Kleidung raschelt, lässt den Kopf hängen. Sein Gesicht ermattet und seine Gesichtszüge verlieren jede Spannung.

Lavendel Wellington seufzt: «Ja, das stimmt.»

Das Kind: «Sie können also nach fünf Tagen Untersuchung jeweils genau Auskünfte über das Wetter vor zwei Tagen geben. Sie könnten also genauso gut vor dem Zelt sitzen, das Wetter beobachten und zwei Tage später erzählen, wie es war.»

Lavendel Wellington ist anzusehen, dass er erwartet, dass die Schulklasse nach einer winzigen, absolut stillen Verzögerung durch Begriffsstutzigkeit loslacht, mit sämtlichen Fingern auf den bescheuerten Meteorologen zeigt, sich nicht mehr einkriegt, die Schenkel klopft, Tränen lacht und wieder mit den Fingern zeigt.

Lavendel Wellington seufzt: «Ja, das stimmt.»

Aber der Einzige, der den Arm ausstreckt, mit dem Finger zeigt, loslacht, um nicht zu sagen: losbrüllt, ist der

Lehrer. Er klopft sich die Schenkel und zeigt auf den Meteorologen: «Nun seht euch einmal diesen komplett bescheuerten Mann an! Nun besuchen wir eigens mit der ganzen Schulklasse im ewigen Schnee und Eis einen sogenannten Meteorologen und was wir vorfinden, ist ein übergeschnappter Halbaffe!»

Schnellstens dreht sich ein Schulkind um und zeigt in die weisse Landschaft hinaus und ruft: «Da, ein Eichhörnchen!»

Schnellstens dreht sich die ganze Schulklasse um und blickt weit in die Landschaft hinaus: «Du hast recht, ein geschwindes Eichhörnchen! Toll, wie es da draussen flink über Schnee und Eis rennt!»

Der Lehrer lacht Tränen, dreht sich um und blickt als Letzter auch in die Landschaft hinaus. «Wo denn, ich kann es nicht sehen, hier gibt es doch keine Eichhörnchen.»

Die Schulkinder: «Doch, es ist so geschwind, dass es schon wieder verschwunden ist, aber wir sahen es ganz deutlich! Da draussen rannte es mit tollem buschigem Schweif geschwind durch die weisse Landschaft!»

Der Lehrer: «So ein Blödsinn.»

Die Schulkinder drehen sich wieder zu Lavendel Wellington.

Eines der Schulkinder: «Lieber Meteorologe Wellington, wir danken Ihnen vielmals, dass wir Sie besuchen durften. Es war sehr spannend bei Ihnen und wir genossen es, das dürfen wir Ihnen versichern. Ich denke, ich darf Ihnen im Namen meiner ganzen Schulklasse den Vorschlag machen, dass wir uns am Ende unserer Schulzeit alle zusammen für ein Universitätsstudium der Meteorologie begeistern und entscheiden. Von jetzt an wird es vielleicht fünfzehn Jahre dauern, aber nach dem Ende unseres Studiums werden wir Sie wieder besuchen und vielleicht können wir Ihnen dann alle zusammen dabei helfen, Ihre Methode noch weiter zu verbessern, vielleicht die Effizienz der Methode ins Extrem zu treiben, so dass die Methode Untersuchungen der Konfitüregläser beinhaltet, die bereits nach einem oder zwei Tagen vollständig abgeschlossen sind, so dass sie Sie in die Lage versetzt, Informationen zum Wetter ein bis zwei Tage im Voraus zu besitzen, so dass Sie das Wetter ein bis zwei Tage im Voraus hundertprozentig genau vorhersagen können.»

Alle Schulkinder nicken unter ihren weissen Fellkapuzen.

Im Gesicht des Meteorologen Lavendel Wellington zeichnet sich ganz fein ein Lächeln ab.

«Ja, das wäre wunderschön, danke euch vielmals, liebe Kinder. Ich werde sehr gern auf euch warten, wir sehen uns also dann in ungefähr fünfzehn Jahren wieder.»

DIE GANZE NACHT IN DEN ROSTENHARZSCHEN ATELIERS

Rostenharz ist der zurzeit angesagteste Modeschöpfer. Rostenharz zeichnet mit Bleistift Entwürfe, wonach seine Angestellten ihm die hauchdünnen Papiere sanft unter den Händen und unter dem Bleistift wegziehen, sobald er mit dem Bleistift seine Unterschrift darunter gezeichnet hat. Jedes einzelne Papier wird sanft zusammengerollt und hinüber ins Rostenharzsche Schneideratelier gebracht, wo man eilends versucht, die detaillierten, aber mindestens ebenso überschwänglichen und überbordenden Zeichnungen als Prototypen umzusetzen.

In dieser hektischen Zeit werden im langen Korridor, der das Zeichenatelier mit dem Schneideratelier verbindet, jeden Abend reihenweise neue Versuche des Nachvollzugs der Rostenharzschen Kleidungsfantasien aufgehängt, wonach sie vom Modeschöpfer am nächsten Morgen begutachtet, akzeptiert, mit Verbesserungswünschen ins Schneideratelier zurückgeschickt oder verworfen werden können.

Die Betriebsamkeit in den Rostenharzschen Ateliers kann nicht vor der Konkurrenz verborgen gehalten werden, und so kommt es dazu, dass die Konkurrenz eigene Angestellte zur Betriebsspionage entsendet, um den Vorhaben des zurzeit angesagtesten Modeateliers auf die Schliche zu kommen.

Manuela Braun, zurzeit Praktikantin in einem Atelier, das mit Rostenharz konkurrenziert, mischt sich mit einem aus dem Konkurrenzatelier mitgebrachten Prototypenkleid, das sie mit grösster Behutsamkeit auf die

Unterarme gebettet vor sich herträgt, unter die hektisch beschäftigten Angestellten des Ateliers Rostenharz. In ihrer Hast und Nervosität als Spionin hängt sie das Kleid an eine Stelle, die ihr im langen Korridor kurz entschlossen als geeignet erscheint, stellt sich sogleich hinter das aufgehängte Kleid an die Wand, zieht einige weitere, bereits aufgehängte Kleider ein wenig zurecht, so dass sie an der Wand hinter den Kleidern verschwindet und verborgen bleibt.

Als man abends im Atelier Rostenharz die Lichter löscht und das Atelier abschliesst, steht Manuela Braun nach wie vor verborgen hinter den Protoypenkleidern an der Wand. Mit dem Lichterlöschen weicht die Nervosität, die sie mit dem Erhalt ihres Spionageauftrags ergriffen hat, von ihr, dafür beschleicht sie ein etwas lähmendes Gefühl von Mulmigkeit und ja, sogar Ängstlichkeit. Sie wird für die ganze Nacht in diesem Atelier eingeschlossen bleiben.

Ein wenig Nachtlicht dringt sowohl von der Seite des Zeichenateliers als auch von jener des Schneiderateliers in den langen Korridor ein – gerade genug, dass alles schemenhaft im Dunkeln erkennbar ist. Manuela Braun zieht einen kleinen Zeichenblock, eine kleine, längliche Taschenlampe und einen Bleistift aus den Weiten ihrer Bundfaltenhose, deren Taschen weit und dennoch unauffällig in das bauchig fallende Tuch der Hose eingearbeitet sind.

Leise tritt sie von der Wand weg aus den Kleidern hervor in den Korridor. Schemenhaft erkennt sie die aufgehängten Prototypen sowie an beiden Enden des Korridors die Durchgänge zu den Ateliers, durch die das Nachtlicht einfällt.

Sie hängt das nächstbeste Kleid etwas zurecht, so dass gerade genug Licht darauf fällt und sie es aus einem guten Winkel abzeichnen kann. Sie klemmt sich die Taschenlampe zwischen die Zähne und zieht einige Bleistiftstriche auf dem Block. Eigentlich müsste sie die Taschenlampe anzünden, um Fall- und Faltenwurf des Tuches besser in Augenschein zu nehmen, aber das traut sie sich nicht, weil dadurch nur ein kleiner Abschnitt des Korridors scharf erhellt würde, der übrige Korridor aber desto mehr im Dunkeln verschwinden würde.

Und wer weiss, ob Kleider wirklich leblos sind, solange kein Mensch in ihnen steckt. Es könnte doch sein, dass sich Kleider nur tagsüber, solange sie von den Menschen dominiert werden, so benehmen, als wären sie zu keinem selbstständigen Handeln fähig, um nachts umso mehr ihren eigenen Gelüsten nachzugehen und vielleicht sogar ihr Unwesen zu treiben. Und wer weiss, ob nicht Kleider des Nachts umgekehrt einen alleinigen und eingeschlossenen Menschen dominieren und überwältigen könnten.

Sie lässt die Taschenlampe wieder in die Hosentasche zurückgleiten, versucht, sich der Qualität ihrer Bleistiftstriche zuzuwenden und sich auf ihren Auftrag zu konzentrieren, aber die Ängstlichkeit lähmt sie ein wenig. Die Zeichnung will nur langsam gedeihen. Sie lässt es bei einer ungefähren Abbildung bewenden, mit der sie sich bei Tage keinesfalls zufriedengeben würde. Aber sie hat das übermächtige Bedürfnis, sich mindestens einen Schritt zu bewegen zum nächsten Kleid, um festzustellen, dass sie sich noch bewegen kann und dass sich nicht umgekehrt plötzlich die schemenhaften Kleider zu bewegen anfangen. Sie schlägt im Zeichenblock eine neue Seite auf und zeichnet ungefähr das nächste Kleid, und dann macht sie wieder einen Schritt, hängt sich wieder das nächste Kleid zurecht, schlägt eine Seite um und beginnt hastige Striche zu ziehen. Obwohl sie sich ihrer Ängstlichkeit bewusst bleibt, gelingt es ihr dennoch, den Bleistift einigermassen fest im Griff zu behalten und nebst dem ängstlichen Auge auch das Auge einer Zeichnerin auf das Kleid zu werfen, mit dem sie sich beschäftigt.

Da aber geraten plötzlich, nicht weit von ihr entfernt, einige etwas näher beieinanderhängende Kleider ins Wanken, und aus den Kleidern hervor tritt, genauso, wie sie zuvor aus den etwas näher zusammengehängten Kleidern hervorgetreten ist, ein Mann in einem etwas zu weiten Anzug. Vor Schreck krakelt der Bleistift in Manuela Brauns Hand einen unmöglichen Strich über die aufgeschlagene Seite des Zeichenblocks.

Der hervorgetretene Mann: «Sehen Sie, Sie Luder! Genau deswegen haben die Rostenharzschen Ateliers einen Privatdetektiv engagiert, um genau solche, wie Sie eine sind, an dem zu hindern, was sie gerade im Begriff sind zu tun. Wissen Sie, was das ist, was Sie da gerade tun?»

Manuela Braun: «Nein, ich weiss nicht, nein, Verzeihung.»

Der Privatdetektiv: «Verzeihung nützt Ihnen nun nichts. Das nennt man beabsichtigten Diebstahl geistigen Eigentums.»

Manuela Braun vollkommen verschüchtert, weil ihre Ängstlichkeit nun in Form eines Privatdetektivs zum

Vorschein gekommen ist: «Verzeihung, aber ich bin nur im Auftrag hier, es ist nicht meine eigene Absicht.»

Der Privatdetektiv: «Das mag sein, aber die einzigen zwei, die hier anwesend sind, sind wir beide. Nicht wahr?»

Manuela Braun: «Ja, nein, ich weiss nicht.»

Der Privatdetektiv: «Aber ich weiss genau, deswegen bin ich angestellt.»

Der Privatdetektiv steht nun vor Manuela Braun, zieht ein dünnes Seil aus der Tasche seiner weiten Hose. Schon hat er im Heben der Hände eine Schlaufe ins Seil geworfen. Die Schlaufe fällt Manuela Braun über den Kopf, kommt ihr um den Hals zu liegen. Das Gesicht des Privatdetektivs befindet sich unmittelbar Nase an Nase vor dem Gesicht Manuela Brauns, und dann zieht der Detektiv die Schlaufe, indem er seine Hände etwas auseinanderzieht, etwas zusammen, wodurch es Manuela Braun etwas zu würgen beginnt und sie gelähmt Block und Bleistift zu Boden fallen lässt.

Der Privatdetektiv: «Was Sie hier zu tun beabsichtigen ist Diebstahl, Sie Luder, und nun haben wir beide die ganze Nacht Zeit.»

Da geraten nicht weit von den beiden entfernt einige etwas näher beieinanderhängende Kleider in Bewegung, und von der Wand weg aus den Kleidern hervor tritt eine etwas robustere Frau. «Ja, wir haben die ganze Nacht Zeit, aber wir sind zu dritt, Sie Stümper, nehmen Sie die Hände hoch!»

Schemenhaft ist zu erkennen, wie die Frau eine kompakte Pistole auf den Privatdetektiv richtet. Der Sicherheitshebel der Pistole klickt. Der Detektiv wendet sein Gesicht nach der Frau um, erkennt schemenhaft die Körperhaltung von jemandem, der eine Schusswaffe auf ihn richtet, lässt mit der einen Hand das dünne Seil los, behält es mit der anderen im Griff, wendet sich langsam nach der Frau um, so dass Manuela Braun fühlt, wie das Seil langsam um ihren Hals streicht, dann das Seilende um ihren Hals streicht, dann das Seil von ihr abfällt, und hebt langsam die Hände, wobei in der einen Hand das dünne Seil baumelt.

Der Privatdetektiv: «Was soll das? Wer sind Sie?»

«Mein Name ist Hannelore Pechvogel, ich bin Zeichnerin in einem Modeatelier, das mit Rostenharz konkurrenziert. Das Atelier, bei dem ich angestellt bin, hat in allen Konkurrenzateliers seine Spitzel eingeschleust. Wir haben innert kürzester Zeit bereits erfahren, dass bei Rostenharz gerade wieder zu zeichnen angefangen worden ist. Noch selbigen Tags liess ich mich abends hier im Korridor hinter Kleidern versteckt zurücklassen und in den Rostenharzschen Ateliers einschliessen, um die Prototypen abzuzeichnen. Als aber das Licht ausging und abgeschlossen wurde, wurde mir derart mulmig zumute, dass ich mich die ganze Nacht nicht traute, von der Wand weg und aus dem Versteck zu treten, und so konnte ich beobachten, wie Sie, Sie Stümper von einem Privatdetektiv, mich in meinem Versteck nicht bemerkten, während Sie durch den Korridor und durch die Ateliers schlichen, und ich stellte mir vor, wie fürchterlich ich hätte erschrecken müssen, wenn ich ohnehin schon ängstlich beim Abzeichnen der Kleider erwischt worden wäre von einem Mann mit einem so hässlichen Gesicht, wie Sie es haben. Ich dachte bei mir, dass dies wohl vom Allerschlimmsten wäre, was eine harmlose Frau, die mit Betriebsspionage beauftragt worden wäre, des Nachts erleben könnte. Als am nächsten Tag wieder Betrieb herrschte bei Rostenharz, wagte ich mich hervor, lief heim, um die kleinste meiner Pistolen zu holen, lief hierher zurück und liess mich abends erneut einschliessen. Seither warte ich jede Nacht hinter einigen Prototypenkleidern an der Wand versteckt darauf, ob allenfalls ein weiteres Konkurrenzatelier jemanden schickt, um den neuesten Rostenharzschen Entwürfen und Vorhaben auf die Schliche zu kommen.»

Der Privatdetektiv fasst sich nach der ersten Verwirrung: «Du bist also als Zeichnerin beauftragt und fuchtelst hier mit einer Kinderpistole herum.»

Hannelore Pechvogel: «Das ist keine Kinderpistole, sie ist nur kompakt und für das, was ich hier tue, genau richtig.»

Der Privatdetektiv setzt schon dazu an, auf Hannelore Pechvogel zuzugehen: «Und mit einem solch verheissungsvollen Namen wie Pechvogel wagst du dich, dich absichtlich in eine Gefahrensituation zu begeben? Du musst schon ganz schön blöd sein.»

Hannelore Pechvogel: «Wieso, das ist doch nur ein Name, ich rate Ihnen, nicht den Fehler zu machen, an meinen Fähigkeiten zur Wahl der adäquaten Waffe und zum sicheren Gebrauch verschiedenster Schusswaffen zu zweifeln. Ich bin auf einem Bauernhof aufgewachsen, ich habe Kaninchen erschossen, Ratten, Katzen, wenn es im Verhältnis zur Grösse des landwirtschaftlichen Betriebs zu viele wurden. Ich schoss Tauben, erschoss während meiner Kindheit dreimal den Hund des Bauernhofes, wenn dieser jeweils zu alt wurde, und erschoss einmal einen Stier, als er sich nicht mehr einkriegen konnte und ihm nicht mehr zu helfen war. Gehen Sie auf die Knie, Sie Stümper!»

Der Privatdetektiv gehorcht. Die Hände bleiben oben, in der einen Hand hält er das Seil.

Hannelore Pechvogel zu Manuela Braun: «Nehmen Sie ihm das Seil aus der Hand. Wissen Sie, wie man jemandem sicher die Hände auf dem Rücken zusammenbindet?»

Als Manuela Braun merkt, dass sie angesprochen ist, kommt wieder Bewegung in sie. Sie klopft sich mit den Händen auf die Wangen und knetet sich den Nacken, um festzustellen, ob das, was sie erlebt, Wirklichkeit ist, und nimmt dem knienden Privatdetektiv das Seil aus der Hand.

Hannelore Pechvogel zum Privatdetektiv: «Drehen Sie sich langsam auf den Knien um und legen Sie langsam die Hände auf den Rücken, so dass ich die Hände immer sehen kann!»

Der Privatdetektiv gehorcht.

Manuela Braun: «Doch, ich glaube, ich kann mir vorstellen, wie ich die Hände verknoten muss.» Sie zieht Schlingen in das Seil, legt die Schlingen dem Detektiv um die Handgelenke, zieht die Schlingen zusammen und verknotet das Seil so gut und so fest, wie es ihr einfällt und sie es kann.

Hannelore Pechvogel: «Das haben Sie gar nicht schlecht hinbekommen, junge Frau, lassen Sie mich den Knoten den letzten Schliff geben. Und Sie, Detektiv, lassen Sie sich nicht einfallen, sich falsch zu bewegen, sonst schiesse ich Ihnen von hinten in den Schritt!» Sie zieht an gewissen Stellen die Schlingen um die Handgelenke des Detektivs enger und die Knoten fester.

Der Privatdetektiv gibt einen stöhnenden Laut von sich.

Hannelore Pechvogel: «Sehen Sie, so ist es richtig!» Sie zieht aus der Hosentasche ein dünnes, dem Seil des Privatdetektivs sehr ähnliches Seil, verschnürt und verknotet damit die Fussgelenke des Detektivs. «So, Sie Stümper, nun dürfen Sie sich hinlegen!»

Der Privatdetektiv legt sich auf die Seite.

Hannelore Pechvogel zu Manuela Braun: «Und Sie, junge Frau, heben Sie Ihren Block und Ihren Bleistift auf und begeben Sie sich in Ihr Versteck zurück und schlafen Sie ein wenig, wenn Sie können. Wir werden morgen früh, wenn das Atelier aufgeschlossen wird, sehen, was weiter zu tun ist.»

Manuela Braun fällt nichts ein, was sie sagen könnte.

Manuela Braun hebt Block und Bleistift auf und verschwindet hinter einigen Kleidern wie auch Hannelore Pechvogel, nachdem sie den Sicherheitshebel ihrer Pistole vorlegt und man es klicken hört hinter einigen Prototypenkleidern.

KLEINES ZWEISTÖCKIGES HAUS

Ein kleines zweistöckiges Haus steht am Rand eines kleinen Waldes. Die Landschaft besteht aus Wiesen und kleinen Wäldern. Ein Ford Bronco kommt über die Feldwege gefahren, ein kleinerer Geländewagen, gut zu gebrauchen für ein Leben auf dem Land. Am Steuer sitzt die Mutter. Neben ihr sitzt die Tochter. Die Mutter hat das kleine zweistöckige Haus in brauchbarem Zustand und möbliert gekauft. Sie bringt den Ford Bronco vor dem Haus zum Stehen. «Da sind wir, unser neues Daheim.»

Die Mutter steigt aus, öffnet die Heckklappe des Fords, nimmt eine leichtere Kiste heraus, die sie unter einem Arm tragen kann, so dass sie dann mit der freien Hand die Haustüre aufschliessen kann. «Du kannst dir auch gleich eine Kiste nehmen und ins Haus tragen.» Die Tochter steigt aus. Die Mutter geht zum Haus, schliesst auf, öffnet die Tür, tritt hinein. Die Tochter holt sich eine Kiste und folgt der Mutter. Im Haus stellt die Mutter die Kiste auf den Boden. «Da sind wir.»

Die Grundfläche des Hauses ist wirklich nicht gross, aber dafür gibt es nach allen Seiten Fenster, deren Läden allerdings geschlossen sind, wobei sich nun die Mutter daranmacht, reihum die Fenster und die Läden zu öffnen. «Wir müssen natürlich ein wenig frische Luft hereinlassen, riechst du die frische Landluft?» Die Mutter versucht ein Lächeln. «Die Möbel, die wir nicht brauchen können, schaffen wir fürs Erste hinaus vor die Tür. Du wirst sehen, es braucht nicht viel und schon ist es gemütlich.»

Die Tochter scheint nicht abgeneigt, bleibt aber dennoch ernst und schweigt. Mutter und Tochter bringen die übrigen Kisten ins Haus. In der Landschaft steht die Sonne schon tief und wird demnächst hinter den kleinen Wäldern untergehen. Die Mutter schliesst Tür und Fenster. «Nun lass uns oben nachsehen.» Mutter und Tochter steigen die Holztreppe hinauf.

Der Hauptraum des Hauses hat die Höhe von zwei Stockwerken, und nur auf einer Seite des Hauses ist aus Holzdielen ein zweites Stockwerk eingezogen, so dass sich am oberen Ende der Treppe eine Galerie mit Holzgeländer nach dem Hauptraum hin befindet, von deren Rückseite zwei kleine Schlafzimmer abgehen. Mutter und Tochter öffnen beide Türen. Beide Zimmer sind gleich. In jedem steht ein Bett, in einem zusätzlich ein kleiner Kleiderschrank. Die Mutter macht auch die Fensterläden der beiden Zimmer auf, dann öffnet sie den Kleiderschrank, worin einige leere Bügel hängen. «Du kannst dieses Zimmer haben. Siehst du, hier kannst du deine Kleider aufhängen und bestimmt wird es gemütlich.» Die Tochter nickt.

In der ersten Nacht schläft die Mutter so gut wie schon lange nicht mehr einen einfachen, dunklen, tief eingeatmeten Schlaf. Die Tochter wacht aber in der tiefsten Dunkelheit der Nacht auf und hat das dringende Bedürfnis, den Kleiderschrank aufzumachen und einen leeren Kleiderbügel herauszunehmen und vor dem Schrank auf den Boden zu legen. Es fühlt sich an, als wäre sie dazu gezwungen, und danach fühlt sie sich gezwungen, die Holztreppe hinabzusteigen in den Hauptraum und in den mitgebrachten Kisten nach einem Speisemesser zu suchen. Sie findet auch eines und verspürt den Zwang, sich den Messergriff in ein Nasenloch zu stecken. Sowohl der Griff als auch die Klinge sind an den Enden abgerundet, dennoch schmerzen sowohl die Handfläche, mit der sie gegen das abgerundete Klingenende drückt, als auch das Nasenloch, das durch den drückenden Griff auseinandergezerrt wird und in das der Griff eindringt. Obwohl sich die Tochter fürchtet und nicht weiss, warum sie sich den Messergriff ins Nasenloch stecken muss, traut sie sich nicht zu weinen, sondern bleibt still. Nach einer Weile ist es vorbei. Die Tochter legt das Messer in die Kiste zurück und geht die Treppe wieder hinauf in ihr Zimmer.

Am nächsten Tag tragen Mutter und Tochter die Möbel, die ihnen nicht gefallen und die sie nicht brauchen können, vor die Tür, packen die Kisten aus, fahren auch ein wenig mit dem Ford über die Feldwege, um sich ein wenig in der Wald- und Wiesenlandschaft umzusehen.

In der zweiten Nacht schläft die Mutter wieder gut und atmet tief. Die Tochter wacht aber auf und hat das zwingende Bedürfnis, einen weiteren Kleiderbügel aus dem Schrank zu nehmen. Diesmal hängt bereits eines ihrer Kleidungsstücke am Bügel, für den sie sich entscheiden muss. Sie befreit den Bügel von der Kleidung und legt ihn auf den Boden vor den Schrank. Dann muss sie aus ihrem Zimmer gehen, die Treppe hinab. Unten im Hauptraum fühlt sie sich gezwungen, in der Kochecke ein Speisemesser zu holen und sich diesmal die abgerundete Klinge ins Nasenloch zu stecken und, beide Hände fest um den Griff geschlossen, die Klinge im Nasenloch hochzudrücken. Diesmal muss sie weinen. Was sie tut, bereitet ihr Schmerzen, und obwohl die Klinge des Speisemessers abgerundet ist, schneidet ihr die Schnittfläche des Messers von innen in die Nasenwand. Es beginnt zu bluten. Die Tochter weint. Danach darf sie das Messer wieder weglegen. Sie legt sich im Hauptraum auf den Holzboden und wartet auf dem Rücken liegend, bis die Nase aufhört zu bluten. Dann geht sie die Treppe hinauf in ihr Zimmer zurück.

Am nächsten Morgen beim Aufstehen bemerkt die Mutter sogleich die verletzte Nase der Tochter und das getrocknete Blut auf dem Unterhemd der Tochter. «Du hast dich verletzt, wie ist das passiert?» «Ich musste in der Nacht hinabgehen und mir ein Messer in die Nase stecken, bis es blutete.» «Nein, warum musstest du das tun?» «Ich weiss nicht, letzte Nacht war es auch schon so, aber da musste ich nur den Griff des Messers in die Nase stecken und es tat nur ein wenig weh, aber blutete nicht, und es dauerte weniger lang und ich durfte wieder hinaufgehen.» «Aber warum hast du mir denn nichts davon erzählt, warum hast du mich nicht gerufen? Lass uns die Nase anschauen.»

Die Mutter besieht sich das Nasenloch der Tochter und versorgt die Wunde, die nicht allzu schlimm zu sein scheint. «Und nun ziehen wir uns an, fahren in den nächsten Laden, kaufen einiges an Vorräten ein, kommen zurück und machen uns ein prächtiges Frühstück. Und die nächste Nacht schläfst du bei mir im Bett, in Ordnung?» Die Tochter nickt.

Mutter und Tochter verleben den Tag mit dem weiteren Einrichten des kleinen Hauses. Am Abend nimmt die Mutter die Tochter fest in den Arm. Beide schlafen ein.

Die Mutter schläft gut. Die Tochter wacht aber im Dunkeln auf, fühlt sich gezwungen, sich aus der Umarmung der Mutter zu winden, muss in ihr Zimmer hinübergehen, den Schrank öffnen, einen Kleiderbügel befreien und auf den Boden legen. Danach kann sie sich nicht weigern, die Treppe hinabzugehen, sich in der Kochecke des Hauptraums zwei Speisemesser zu nehmen, die Hände um die Griffe zu schliessen und die beiden Messer in die beiden Nasenlöcher zu stecken und hinaufzudrücken und hinaufzuschieben. Es bereitet ihr Schmerzen, sie weint und diesmal recht laut. Die Nase beginnt zu bluten. Es blutet auf das Unterhemd und auf den Boden. Als es vorbei ist und die Tochter die Messer zurücklegen darf, legt sie sich auf den Rücken auf den Boden, bis es aufhört zu bluten. Danach darf sie wieder hinaufgehen und schläft in den Armen der Mutter wieder ein.

Als die Mutter am nächsten Morgen aufwacht, merkt sie sofort, dass etwas geschehen ist. Auch die Tochter wacht auf. Sie hat Schnittverletzungen in der Nase und auf ihrem Unterhemd befindet sich getrocknetes Blut. Das erste, was die Mutter beschleicht, ist Bestürzung, dann ist es Scham, dass sie von den Geschehnissen nicht aufgewacht ist, dann ist es Besorgnis.

Sie versorgt die verwundete Nase der Tochter. «Willst du mir nicht sagen, was geschehen ist?» «Ich weiss nicht. Ich musste wieder einen Kleiderbügel aus dem Schrank holen und dann hinabsteigen und mir zwei Messer in die Nasenlöcher stecken.»

Zusammen gehen Mutter und Tochter in das Schlafzimmer der Tochter. Erst jetzt fällt der Mutter auf, dass drei Kleiderbügel vor dem Schrank auf dem Boden liegen und zwei Kleidungsstücke der Tochter, obwohl sie doch zwei Tage zuvor die Kleidungsstücke aufgehängt und in den Schrank gehängt hatten. Danach gehen sie zusammen nach unten. Auch im Hauptraum finden sie etwas getrocknetes Blut auf dem Holzboden.

Mutter und Tochter verleben einen besorgten Tag. Die Mutter versucht herauszufinden, was mit der Tochter geschehen ist und warum sie in den Nächten einen Zwang verspürt, aber die Tochter weiss es nicht und kann es nicht sagen. Irgendwann erinnert sich die Mutter daran, dass sie in der letzten Nacht im Schlaf irgendwann durchaus eine Kühle oder Kälte verspürt hat, die so gar nicht zu ihrem ansonsten tiefen und einfachen Schlaf passen wollte. Sie streicht der Tochter mit beiden Händen über das Gesicht und besieht sich noch einmal die Nase. «Heute Nacht schläfst du ganz bestimmt wieder bei mir.»

Am Abend schliesst die Mutter die Tochter fest in die Arme und ist entschlossen nicht einzuschlafen, schläft aber dann doch ein und schläft sehr gut und tief, bis sie ein Gefühl der Kühle und sogar Kälte beschleicht. Sie wacht auf im Dunkeln und hört die Tochter laut weinen. Sie springt auf, reisst die Tür auf.

Vor der Tür am Geländer der Galerie steht die Tochter, weint laut, die Klingen zweier Speisemesser in der Nase, deren Griffe sie mit den Händen festhält, und will sich gerade über das Geländer in den Hauptraum hinabfallen lassen.

Die Mutter ist bei der Tochter, zieht sie vom Geländer weg, hält sie mit einem Arm umschlungen fest und entwindet ihr mit der freien Hand die Messergriffe und zieht ihr die Messer, so behutsam wie es nur irgendwie geht, aus der Nase und lässt die Messer zu Boden fallen. Die Tochter weint.

Zusammen gehen Mutter und Tochter in das Schlafzimmer der Tochter. Nun liegen vier Kleiderbügel und drei Kleidungsstücke vor dem kleinen Kleiderschrank am Boden. Die Mutter versorgt die Nase der Tochter, bis es nicht mehr blutet.

Mutter und Tochter gehen nach unten. Die Mutter holt aus einer Kiste, die sie noch nicht ausgepackt haben, ein Beil. Mutter und Tochter steigen die Holztreppe wieder hinauf.

Im Schlafzimmer der Tochter versetzt die Mutter den Kleiderbügeln einige gekonnte Beilhiebe, aber die Kleiderbügel zeigen sich unberührt, bleiben unversehrt, nehmen keinerlei Schaden. Die Mutter dreht sich nach der Tochter um, die unnatürlich unablässig auf den offenen kleinen Kleiderschrank starrt. Die Mutter versteht. «Es ist der Kleiderschrank, nicht wahr, es kommt aus dem Kleiderschrank.» Die Tochter fühlt sich gezwungen, den Kopf zu schütteln, aber es gelingt ihr dennoch, ein wenig zu nicken.

Die Mutter legt das Beil beiseite, nimmt die Kleiderbügel auf, wirft sie in den Schrank, schlägt die Schranktüren zu, schliesst ab, nimmt das Beil wieder auf. Mit einem gekonnten Hieb versenkt sie das Beil im Schrank und zwar so fest, dass es ist, als würde das Holz, aus dem der kleine Schrank gemacht ist, winseln. Sie zerrt und rüttelt das Beil wieder frei und schlägt erneut zu. Immer wieder versenkt die Mutter das Beil im Holz. Der kleine Schrank zerbricht und fällt auseinander. Die Mutter wirft die Holzstücke und Holzsplitter, die im ganzen Zimmer herumgeflogen sind, auf einen Haufen zusammen.

Mutter und Tochter gehen die Treppe hinab. Aus der Kiste, in der auch das Beil verstaut war, holt die Mutter einen kleinen Benzinkanister. «Bleib genau hier stehen und beweg dich nicht.»

Sie steigt die Holztreppe wieder hinauf, übergiesst den Haufen von Holzsplittern mit Benzin, lässt den Kanister fallen, hebt das Beil vom Boden auf, klemmt es sich unter den Arm, bleibt in der offenen Tür stehen, reisst ein Streichholz an, wirft es brennend ins Zimmer. Sogleich schlagen Flammen aus dem Holz.

Die Mutter steckt die Streichholzschachtel wieder ein, nimmt das Beil in die Hand, geht die Treppe hinab. Regungslos steht die Tochter da. Die Mutter nimmt die Tochter auf den Arm und, die Tochter auf dem Arm, das Beil in der freien Hand, verlässt sie das Haus.

Die Mutter öffnet die Beifahrertür des Ford Broncos, wirft das Beil nach hinten ins Wageninnere, setzt die Tochter auf den Beifahrersitz, schaut ihr in die Augen. «Geht es dir etwas besser?» Auf dem Gesicht der Tochter zeigt sich ein wenig Beruhigung. Es gelingt ihr zu nicken, ohne dass sie sich daran gehindert fühlt.

Die Mutter setzt sich hinter das Steuer. Durch die Scheiben des Ford Broncos betrachten Mutter und Tochter, wie das kleine zweistöckige Haus rasch und ohne auch nur die geringsten Anstalten zu machen sich zu wehren, in Flammen aufgeht und einfach niederbrennt. Es beginnt sich deutlich abzuzeichnen, dass vom Haus kaum etwas übrigbleiben wird.

«So ist es gut.» «Ich bin froh.»

Im Morgengrauen wendet der Ford Bronco.

Als sich der Aufgang der Sonne hinter den kleinen Wäldern der Landschaft abzuzeichnen beginnt, fährt der Ford Bronco über die Feldwege davon.

KRIEG

Ein Wanderer, der dabei ist, den steilen Weg den steilen Abhang hinab ins Tal zu steigen, gelangt an ein an die steilen Felsen, zwischen vom Wetter verhutzelte Tannen gedrücktes, verwittertes gelbes und hellbraunes und dunkelbraunes und schwarzes Bergbauernhaus.

Beim Haus angelangt bleibt er stehen, um zu verschnaufen. An Stellen im Abhang, die dem Wetter weniger ausgesetzt sind, sind die Gruppen von Tannen dichter, schwerer, spitzer und stolzer. Der Wanderer könnte nicht sagen, mit welcher Farbe er die Tannengruppe beschreiben würde. Sie sind grün und blau und grau und von einem fast schwarzen Dunkelbraun.

Unten liegt das schmale Tal bereits im Schatten. Auf der anderen Seite des schmalen Tals steigen steile Abhänge wieder hinauf, so dass der Wanderer, wenn er hinüberblickt, ein breites Bild von grünen und blauen und grauen und fast schwarzen Abhängen vor sich hat, worüber graue und weisse Bergspitzen stehen. Das Bergbauernhaus zwischen den verhutzelten Tannen bewegt sich nicht. Keinerlei Regung.

Neben der braunen Tür gibt es ein gelbes Bänklein, wo der Wanderer sitzen, sich der prächtigen Aussicht widmen und dazu Brot essen könnte, welches er in seinem Rucksack hat. Er tritt an die Tür und klopft. Die Tür geht auf. Es zeigt sich ein Mann mit wildem grauem Bart und einer Art darin zusammengedrücktem rötlichem Gesicht.

Der Wanderer: «Guten Tag.»

Der bärtige Mann: «Es ist schon bald Abend.»

Der Wanderer: «Guten Abend.»

Der bärtige Mann: «Ja.»

Der Wanderer: «Dürfte ich vielleicht auf dem Bänklein neben der Tür sitzen, um etwas Brot zu essen?»

Der bärtige Mann: «Ja.»

Die braune Tür geht zu.

Der Wanderer nimmt den Rucksack von den Schultern, stellt ihn auf das Bänklein, setzt sich daneben, bringt ein in ein Küchentuch eingeschlagenes Brot zum Vorschein, reisst sich eine Kante Brot ab und beisst hinein. Er kaut und betrachtet die Aussicht. Dann steht er auf und klopft an die Tür. Die Tür geht auf.

Der Wanderer: «Wollen Sie sich nicht zu mir setzen? Sie haben eine derart prächtige Aussicht von ihrem Bänklein aus auf das Tal und die Abhänge und die Berge.»

Der bärtige Mann: «Nein.»

Die Tür geht zu.

Der Wanderer setzt sich, isst Brot und betrachtet die Aussicht. Dann steht er auf, klopft an die Tür.

Die Tür geht auf.

Der Wanderer: «Aber wollen Sie nicht kurz herauskommen?»

Der bärtige Mann: «Nein, ich bin hier drinnen zugange. Wenn Sie wollen, können Sie kurz hereinkommen, aber hinaus komme ich nicht.»

Der Wanderer: «Das ist aber sehr freundlich von Ihnen, danke, ich komme gern kurz hinein. Vielleicht könnte ich von Ihnen einen Schluck Wasser bekommen.»

Der bärtige Mann tritt zur Seite: «Ja.»

Der Wanderer tritt ein. Im Inneren des Bauernhauses ist kein Licht gemacht und darum ist es auf eine dämmrige Art gelb, braun und schwarz. Der bärtige Mann macht die Tür zu, stellt sich vor den Wanderer, drückt ihm die flache Hand auf die Brust. «Halt. Überall müssen sie teuflisch aufpassen. Sie müssen jeden Schritt mit grösster Aufmerksamkeit und Sorgfalt auswählen und machen. Am Boden und überhaupt auf sämtlichen Oberflächen ist es möglich, dass sich Streitkräfte versammelt haben. Truppen, Armeen, Bataillone. Ist das klar?»

Der Wanderer begreift nicht sofort, macht ein fragendes Gesicht und sagt nichts.

Der bärtige Mann zeigt mit dem Finger auf den Boden: «Da, es ist eine einmalige, gewaltsame und riesenhafte Schlacht zu schlagen, klar?»

Der Wanderer folgt mit dem Blick dem Finger des bärtigen Mannes und allmählich kann er im dämmerigen Inneren des Bauernhauses erkennen, dass überall verteilt Gruppen und Anordnungen von Dingen hingelegt und aufgestellt sind. Es gibt eine Gruppe von Haselnüssen, verstärkt durch Brotbrocken. An einer Stelle ist

Besteck ausgelegt. Es gibt eine Gruppe von Krügen, Schalen und Pfannen, dann gibt es eine Gruppe aus Schrauben und Nägeln und eine aus Werkzeugen zusammengestellte. An einer Stelle liegen auf einen grossen Haufen zusammengeworfene Wäschestücke.

Der Wanderer: «Ja, klar, Entschuldigung.»

Der bärtige Mann reicht dem Wanderer ein Glas Wasser.

Der Wanderer: «Danke, ich verstehe, Sie interessieren sich für Kriegsführung. Stellen Sie historische Schlachten nach?»

Der bärtige Mann: «Keine historischen, erstmalige und einmalige. Hier sehen Sie die Spartaner und hier sind die Alliierten. Da drüben gibt es eine kleine Avantgarde von Phöniziern, da sind die Preussen in einem Verband mit den Hugenotten und den Kriegern der Sterne. Da ist die gesamte versammelte Schweizer Miliz und Reservearmee und auf der anderen Seite des Atlantiks sind dort die Inkas, die zu gegebener Zeit ihre neue Welt verteidigen müssen. Bewegen Sie sich nicht. Das Beste ist, Sie bewegen sich überhaupt nicht.»

Der Wanderer rührt sich in seinen schweren Wanderschuhen nicht und trinkt stattdessen einen Schluck Wasser. «Aber wie wollen Sie die Schweizer Armee und die Spartaner miteinander übereinbringen? Ich kenne mich zwar nicht besonders aus, ich bin mehr ein Liebhaber der Natur und der Freiheit, aber die Schweizer Armee und die Spartaner sind doch überhaupt nicht die gleiche Zeit.»

Der bärtige Mann drückt mit einem Finger dem Wanderer auf die Stirn: «Hier ist eine Zeit, Endzeit, Endzeitalter, und überhaupt geht es gar nicht darum, etwas übereinzubringen, sondern einander gegenseitig zu zerstören. Ich habe eine Zerstörungswut, das können Sie sich gar nicht vorstellen.»

Der Wanderer: «Aber Sie wohnen doch mitten in einer Aussicht, die ihresgleichen sucht, und es ist die reine schroffe und liebliche Natürlichkeit, die Sie umgibt. Sie müssten doch nur einmal einen Schritt vor die Tür machen, danach wäre es Ihnen nicht mehr möglich, Krieg zu führen. Das kann ich Ihnen fast versprechen.»

Der bärtige Mann: «Aber ich gehe doch hinaus. Nur gerade jetzt wollte ich nicht hinauskommen, weil ich drinnen beschäftigt bin, und hier drinnen herrscht Krieg. Ich bin die Kriegserklärung.»

Der Wanderer: «Aber das geht doch an allen Ecken und Enden nicht auf, wie können Sie behaupten, dass Teller und Krüge die Hugenotten sind, und was haben die Hugenotten mit den Kriegern der Sterne zu schaffen?»

Der bärtige Mann: «Das sind nicht die Hugenotten, die Hugenotten sind hier. Hier drüben sind die Hugenotten, ich habe es Ihnen vorhin genau erklärt und gezeigt – die Hugenotten sind da drüben, klar?»

Der Wanderer trinkt das Glas Wasser aus, reicht dem bärtigen Mann das Glas zurück. «Klar, wenn dem so ist, will ich Sie nicht weiter stören. Ich denke, es wird ohnehin langsam Zeit, dass ich gehe. Ich muss ja noch bis ins Tal hinuntersteigen.»

Der bärtige Mann nimmt das Glas und stellt es zu einer Gruppe weiterer Gläser. «Aber wollen Sie nicht wenigstens bleiben, bis die Phönizier in Frankreich auf dem Schafott getötet werden?»

Der Wanderer: «Nein danke, darauf kann ich verzichten. Ich denke, unsere beiden Anschauungen sind nicht vereinbarlich. Dürfte ich aber vielleicht noch kurz ihre Toilette benutzen?»

Der bärtige Mann: «Nein. Da braut sich gerade die grässlichste militärische Macht aller Zeiten zusammen, die alles andere in den Schatten stellt und ihre Vorstellungskraft übersteigt.»

Der Wanderer: «Aber ich benutze kurz die Toilette, dann bin ich weg.»

Der bärtige Mann: «Kommt gar nicht in Frage. Sie begreifen nicht richtig, hier findet gleich die Endzeitschlacht statt. Draussen gibt es Natur genug, dazu braucht man hier in den Bergen keine Toilette. Gehen Sie hinaus, suchen Sie sich einen schönen Platz und pissen Sie an eine Tanne.» Er reicht dem Wanderer eine Taschenlampe: «Aber hier, nehmen Sie die Lampe mit. Die Dämmerung wird einsetzen, bevor Sie unten im Tal ankommen.» Der Wanderer nimmt die Lampe. «Danke, das ist sehr freundlich von Ihnen.» Der bärtige Mann öffnet die Tür. «Nun ist aber gut.»

Der Wanderer stellt sich mit den schweren Schuhen in die offene Tür, will sich noch einmal umdrehen, um sich zu verabschieden. Da erhält er vom bärtigen Mann einen Tritt in den Hintern, dass er einige Schritte vorwärts stolpert, bevor er sich wieder fangen kann. Die Tür geht zu.

Verblüfft und entrüstet wendet sich der Wanderer noch einmal dem Haus zu.

«Sie Arschloch-Bergbauer!»

Dann sieht er aber die Taschenlampe am Boden liegen, die ihm offenbar beim Stolpern aus der Hand gefallen ist. Er hebt sie auf und ruft noch einmal dem Haus zu:

«Entschuldigung!»

Er geht zum Bänklein neben der Tür, zieht den Rucksack an und steigt aufmerksamen Schrittes weiter gegen das Tal hinab. Die Aussicht hat sich wirklich bereits von den etwas bunteren Farben vermehrt hin zu grau und schwarz verändert. Der Wanderer weiss nicht, was er denken soll. Er achtet auf seine Schritte und verschwindet auf dem steilen Weg in einer Gruppe dichter schwarzer Tannen.

MANTRA UND MANDEL

Mantra trägt weite braune Hosen und einen weiten braunen Pullover, Mandel trägt weite dunkelbraune Hosen, einen weiten dunkelbraunen Pullover und eine kecke dunkelbraune Mütze. Mantra und Mandel haben sich unter einen alten dunkelbraunen Baum gesetzt, an den knorrigen Stamm zwischen die altehrwürdigen braunen Wurzeln. Mandel hat seinen Kopf in Mantras Schoss gelegt und blickt hinauf in ihr Gesicht und hinauf in die braunen Äste und die grossen braunen Blätter des Baumes.

«Wenn ich so daliege und hinaufblicke, sieht alles seltsam unzusammenhängend aus. Es kommt mir vor, als gäbe es nur Einzelnes. Ich sehe Blätter, ich sehe den knorrigen Stamm, ich sehe deine Augen halb verkehrt herum.» «Welche Farbe haben meine Augen?» «Braun.»

Mantra hält mit beiden Händen Mandels Kopf fest, drückt den Kopf ein wenig mehr nach hinten, so dass Mandel einen langen Hals machen muss und alles noch ein wenig verkehrter herum sieht als zuvor.

«Und was siehst du jetzt?» «Der Hals spannt und der Nacken drückt ein wenig. Alles kommt mir noch etwas entrückter und vereinzelter vor. Der Baum scheint mir noch ein wenig mehr verkehrt herum zu wachsen, und ich sehe verstreute, weite, verkehrte braune Äste. Von deinem Gesicht sehe ich nur noch ein wenig Wange und ich sehe einen Teil deiner Haare. Ich wäre aber auch froh, wenn du meinen Kopf wieder loslassen würdest.»

Mantra hebt Mandels Kopf ein wenig an und küsst ihn

auf die Stirn. «Das nächste Mal zeige ich dir den Erdölsee.» Mandel richtet sich auf, setzt sich wieder neben Mantra zurecht und küsst sie auf die Wange.

Das nächste Mal, als Mantra und Mandel beieinander sind, sitzen sie am Ufer des mattschwarz glänzenden Erdölsees. Es liegen braune Zweige herum und überall wachsen schöne, kleine gelbe Blumen in kleineren Büscheln. Mantra trägt schwarze Hosen und einen schwarzen Pullover, Mandel gelbe Hosen und einen gelben Pullover. Mantra und Mandel sitzen, halten sich bei den Händen und schauen hinaus auf den schwarzen See.

«Das ist ein seltsamer und ganz besonderer Ort, an den du mich da geführt hast.» «Ich mag dieses Zähflüssige und die Schwärze des Erdöls. Ich finde den Erdölsee spannend und aufregend und ich wollte ihn dir zeigen, und vor allem wollte ich dir die gelbe Blume zeigen, die anders als die anderen hier am Ufer aus dem See herauszuwachsen scheint. Siehst du sie, die gelbe Blume, wie sie aus dem schwarzen Erdöl herauswächst?» «Ja, ich sehe sie, sie scheint besonders schön gelb zu sein, vielleicht gerade weil der See so schwärzlich ist.»

Mandel steht auf, greift sich einen langen Zweig, der sich am Ende gabelt, reicht Mantra die freie Hand. «Halt mich fest!» Mantra hält Mandels Hand, während er sich weit hinauszulehnen versucht und den Arm weit hinauszustrecken und den Zweig noch weiter hinaus, so dass er vielleicht mit der Gabelung des Zweiges die kleine Blume erreichen könnte, um sie zu pflücken und dann Mantra zu schenken und ihr damit zu gefallen. Er lehnt und streckt sich weit hinaus, aber es gelingt ihm nicht, die Blume zu erreichen. Fast gelingt es ihm nicht mehr, das Gleichgewicht wiederzufinden, und fast gelingt es Mantra nicht mehr, ihn an der Hand zurück ans Ufer und zu sich zu ziehen.

«Ich wollte dir die Blume schenken.» «Es ist nicht schlimm, es zählt doch der Versuch. Lass uns noch eine Weile sitzen, hinausschauen und bestaunen, wie diese schöne gelbe Blume wie ganz von selbst aus dem Erdöl herauswächst und sich entfaltet, und das nächste Mal unternehmen wir eine Fahrt auf einem Ausflugsschiff.»

Und das nächste Mal, als Mantra und Mandel beieinander sind, fahren sie auf einem weiss gestrichenen Ausflugsschiff über einen knallgrünen See, der ringsherum von den allerblauesten Berghängen umrandet ist, und oben in der Mitte des Himmels thront die prächtige weisse Sonne und scheint warm und grossartig herab, so dass der See nur noch umso grüner strahlt und das Schiff in umso blendenderem Weiss auf Kurs ist. Mantra und Mandel sitzen auf einer weiss gestrichenen Holzbank und schauen auf den grünen See und die blauen Berghänge.

Mantra macht eine grosse Geste. «Siehst du, welch unvergleichlichen Blick wir von unserem Zahnradschiff haben?» «Ja, mir gefällt es sehr, neben dir hier zu sitzen. Es heisst aber nicht Zahnradschiff, sondern Schaufelradschiff. Es ist eine Dieselturbine, die im Bauch des Schiffes werkelt und die Schaufelräder antreibt.» «Es gefällt mir sehr, wie wir auf dem blendendst weissen Schaufelradschiff fahren.»

Mantra entnimmt ihren weissen Hosen ein weisses Paket Zigaretten und eine weisse Streichholzschachtel.

Sie entnimmt dem Paket eine weisse Zigarette. Mandel macht eine Bewegung, als wollte er Mantra die Zigarette wegnehmen, macht es aber nicht.

«Ich glaube, es wäre besser, du würdest das Rauchen unterlassen, da drüben steht angeschrieben, dass dieses Schiff zwar weiss angestrichen, aber aus reinstem Holz gemacht ist und dass darum das Rauchen strengstens untersagt ist.» «Wenn ich aber Lust habe zu rauchen, kann ich es leider nicht unterlassen. Ich muss mir eine Zigarette anstecken.»

Mantra steckt sich die Zigarette in den Mund, reisst in der hohlen Hand ein Streichholz an, wedelt ein wenig damit und wirft es dann weg. Es landet unweit von ihnen entfernt auf den weiss angestrichenen Schiffsplanken.

«Nein! Ich denke mir, dass das Holz unter dem weissen Anstrich von so vielen Fahrten unter der Sonne ausgetrocknet und ein Streichholzbrand gefährlich ist.»

Mandel springt auf und will einen Sprung nach dem Streichholz hin machen, um es zu ergreifen. Da aber entspringt dem weiss angestrichenen Holz bereits eine erste Flamme und eine zweite entspringt daneben. Die weiss angestrichenen Planken entflammen. Kleinere Flammen springen an den weiss angestrichenen Deckaufbauten hoch. Grössere Flammen entspringen, da ruft jemand aus dem Inneren: «Feuer!», und noch jemand ruft: «Feuer!»

«Das Schiff brennt, siehst du nicht, das Schiff brennt. Das Streichholz hat das Schiff in Flammen gesetzt, siehst du nicht, das Schiff brennt!»

Mantra zieht an der Zigarette. «Mit Absicht habe ich es nicht gemacht, aber ich denke, bei so schönem Sonnenschein können wir ans Ufer schwimmen.» «Können vielleicht schon, aber darum geht es doch nicht, du hast das Schiff in Flammen gesetzt.» «Ja, aber es war mir unmöglich, in diesem Moment bei diesem blauen und grünen Ausblick nicht zu rauchen.»

Das Deck und die Deckaufbauten stehen in vollen Flammen. Aus den Deckaufbauten springen Leute, einige Reisende und der Schiffskapitän und sein Matrose. Der Kapitän ruft: «Alle Leute sofort von Bord gesprungen!» Alle springen vom Schiff in den See. «Und dann vom Schiff weg!»

Von Weitem dem Ufer bereits wieder näherkommend, schwimmend, die Blicke aber auf den grünen See hinausgerichtet auf das vollends in Flammen stehende Schiff, können alle Leute zuschauen, wie der Dieseltank und die Turbine und darum herum das ganze Schiff explodiert.

Zurück am Ufer zeigt sich, dass niemand von den Leuten fehlt, die zuvor das Schiff bestiegen haben, um einen Ausflug über den See zu machen. Kapitän, Matrose, einige Reisende und Mantra und Mandel blicken auf den grünen See hinaus, auf dem verstreut schwimmende Teile auszumachen sind. Mandel sagt nichts. Weder fällt ihm etwas ein, noch würde er sich trauen, etwas zu sagen. Er macht ein Gesicht, dem anzusehen ist, dass es ihm zutiefst unwohl geworden ist.

Mantra: «Nun ja, bis zu dem Unfall war es eine sehr schöne Schifffahrt. In meinen Augen hat es sich gelohnt.

Trotz allem, das nächste Mal unternehmen wir eine Reise zum Mond.»

Das nächste Mal, als Mantra und Mandel beieinander sind, hat sie ihn in ihre Werkstatt eingeladen. Mantra steht in einem robust versiegelten und dick wattierten grauen Overall vor einer auf grauen Stelzen stehenden runden, flachen grauen Scheibe, die beinahe die vollen Ausmasse der Werkstatt einnimmt und die am Rand ringsherum in einer scharfen Kante endet, in ihrer Mitte aber wohl durchaus etwas Innenraum bietet. Mantra reicht Mandel einen robusten und wattierten grauen Overall, in den Mandel hineinsteigt und den Mantra von aussen mit Schnallen verschliesst. Mantra reicht Mandel auch einen grauen Helm, den dieser aufsetzt.

Mantra und Mandel besteigen von unten durch ein Loch die flache graue Scheibe. Mantra verschliesst von innen die Luke. Nach einem Moment der Ruhe knallt das graue Dach von der Werkstatt weg, und einen weissen Feuerstoss von sich speiend, schiesst das graue Raumschiff als flache, runde Scheibe in den grau dämmernden Himmel hinauf. Auf dem Mond, auf den drei grauen Stelzen gelandet, kommt das graue Raumschiff zur Ruhe.

In den grauen Overalls und grauen Helmen entsteigen Mantra und Mandel dem Raumschiff. Der Mondboden ist grau, steinig und staubig. Mantra schreitet herum und schaut in die graue Landschaft hinaus. Über Funk können sich Mantra und Mandel verständigen. Mandel macht einige zögerliche Schritte, kniet sich hin, streicht mit der Hand, die vom grauen Overall fest und brauchbar umschlossen ist, über den grauen Boden, nimmt eine Handvoll Steine und Staub auf, lässt Staub und Steine fallen, die mehr sanft zu Boden zu gleiten scheinen statt zu fallen.

«Was wollen wir hier?» «Ich habe ein feuergetriebenes Raumschiff entworfen, und wie du siehst, funktioniert es, und darum wollte ich es dir zeigen.» «Ich verstehe ja, ich sehe es, aber von der Umgebung des Mondes bin ich nun nicht besonders angetan.» «Ja, das sehe ich, und es ist zwar sehr schade, aber dass dir der Mond nicht gefällt, ist, so leid es mir tut, Grund genug, dass wir nicht länger zusammen sein können, obwohl es mir sehr gefallen hat mit dir. Ich kann es nicht ändern, meine Zukunft ist die Raumfahrt. Was deine Zukunft ist, weiss ich nicht, aber ich weiss, dass ich es nun, da ich weiss, dass wir nicht zusammenbleiben können, leider keinen Moment länger mit dir aushalte.»

Mit forschen Schritten gelangt Mantra zurück zum Raumschiff, besteigt es mit bestimmten Bewegungen, verschliesst die Luke. Und noch bevor Mandel so weit gekommen ist, die Geschehnisse und das Geschehen nachzuvollziehen, geschweige denn, dass er so weit gekommen wäre, sich auf irgendeine Weise auf das Geschehen bezogen zu verhalten, schiesst die flache graue Scheibe, einen weissen Feuerschweif ausstossend, von der Oberfläche des Mondes weg und das weisse Licht entfernt sich.

Mandel wendet sich ab. Er will nicht weiter zusehen, wie er allein gelassen wird. Schritt um Schritt schreitet er über den Mondboden. Er sieht graue Steine und grauen Staub. Er kniet hin, nimmt eine Handvoll graue Steine und grauen Staub auf, lässt Staub und Steine zu Boden gleiten, steht auf, macht Schritt um Schritt auf dem Mond, kniet sich hin, streicht mit der vom grauen Overall überzogenen Hand über den staubigen und steinigen Boden.

Und dann weiss Mandel, was zu tun ist. Er wird in der näheren Umgebung der Mondlandschaft eine besondere Stelle suchen, die sich ihm zu eignen scheint, um sich hinzusetzen und nachzudenken.

MIGRÄNE

Ein Mann und eine Frau sitzen nebeneinander auf einer Bank.

Der Mann hat eine Papiertasche auf den Knien abgestellt.

Die Frau beklagt sich über Migräne. Sie hat Tabletten dabei, legt sich eine Tablette auf die Zunge, beugt sich vor, schaut in die Papiertasche, die der Mann auf den Knien abgestellt hat.

Der Mann reagiert nicht.

Die Frau hat die Tablette auf der Zunge, beugt sich vor, schaut in die Papiertasche.

Der Mann reagiert nicht.

Dann fällt dem Mann ein, dass es eine Flasche Wasser in der Papiertasche gibt.

«Brauchst du Wasser?»

Die Frau: «Ja, gern.»

Der Mann: «Warum sagst du denn nichts?»

Die Frau: «Ich will auf nichts von dem, was du gekauft hast, auch nur den geringsten Einfluss nehmen. Ich will deine Einkäufe nicht stören, ich will dich in Ruhe lassen und dir nichts wegnehmen.»

Der Mann beugt sich vor, schaut in die Papiertasche mit den Einkäufen, greift hinein, nimmt die Flasche Wasser aus der Tasche, gibt sie der Frau.

«Mach sie auf und spül damit die Tablette hinunter, ich kann nicht mitansehen, wie dir die Bitterkeit der Tablette auf der Zunge das Gesicht verzieht.»

Die Frau nimmt die Flasche, macht sie auf und spült die Tablette hinunter.

«Danke.»

Der Mann: «Aber bitte, es ist mir doch viel wichtiger, dass deine Migräne wieder vergeht, als dass meine Einkäufe unberührt bleiben.»

Die Frau nimmt noch einen Schluck, um die Bitterkeit der Tablette hinunterzuspülen, dann macht sie die Flasche wieder zu und gibt sie zurück.

Der Anflug einer unbeabsichtigten, beinahe versehentlichen Freude streicht über das Gesicht der Frau.

BESUCH HANNIBAL NAGELKANTS BEI DEN GROSSELTERN

Hannibal Nagelkant, ein jüngerer Mann, hat vor einem halben Jahr ein eigenes Geschäft eröffnet. Er besucht seine Grosseltern, um sich buchhalterisch beraten zu lassen. Die Papiere hat Hannibal in einer Mappe dabei. Er dachte sich bei der Eröffnung des Geschäftes, dass er fürs erste halbe Jahr einmal nur Buchhaltung auf Papier führen werde, da die buchhalterischen Eintragungen vorerst einmal überschaubar bleiben würden. Nun ist allerdings doch einiges an Buchhaltung zusammengekommen, so dass Hannibal Nagelkant den Papierstapel zum Transportieren ordentlich in einer Mappe verstaut hat.

Zufälligerweise sind gerade auch die Cousine und die Tante Hannibal Nagelkants bei den Grosseltern auf Besuch. Hannibal, Cousine, Tante und Grossmutter sitzen zu viert um den Tisch herum. Es gibt Schwarztee mit Zucker und Milch sowie einen hellbraun gebackenen Apfelkuchen.

Der Grossvater in einem dunkelroten Morgenrock sitzt auf einem dunkelroten Sofa in einem anderen Zimmer, das sämtlich düster, dunkelrötlich erscheint, weil es mit dunkelroten Samtvorhängen verdunkelt ist, und ist damit beschäftigt, abwechselnd fernzusehen und wegzudämmern und einzunicken.

Am Tisch versucht Hannibal Nagelkant nun doch allmählich das Gespräch auf seine Halbjahresbuchhaltung zu bringen: «Der Apfelkuchen ist schön hellbraun und der Tee schmeckt mir wunderbar, liebe Grossmutter, und es ist mir eine Freude, liebe Cousine und liebe Tante, euch einmal wiederzusehen und mit euch zusammenzusitzen. Und ganz besonders freut es mich, weil ich nicht zuletzt ein gar nicht zu übles Halbjahresergebnis in meinem Geschäft vorzuweisen habe, obwohl ich zugeben muss, dass ich mich auf die Buchhaltung noch nicht allzu sehr oder gar zu sehr verstehe und durchaus ein wenig Beratung gebrauchen könnte.» Die Grossmutter setzt die Brille auf, die auf dem Tisch liegt. «Zeig mir einmal, was du aufgeschrieben hast.» Hannibal überreicht der Grossmutter die Mappe, die, seit er sich an den Tisch gesetzt hat, auf seinem Schoss liegt. Die Grossmutter öffnet die Mappe, nimmt den Stapel Papiere heraus, betrachtet die Papiere durch die Lesebrille. «Das scheint mir gar nicht schlecht auszusehen.» Die Grossmutter steht auf, verlässt mit dem Papierstapel das Zimmer. «Lasst mich kurz über etwas nachdenken.»

Erst jetzt fällt Hannibal auf, dass sich doch seine Grossmutter niemals besonders um Buchhaltung kümmerte. Es war stets sein Grossvater, der ein Leben lang ein Teufel in buchhalterischen Kniffen und Ränken war, während sich bei seiner Grossmutter in letzter Zeit desto mehr eingeschlichen hat, dass sie nur noch zwischenzeitlich mit den Gedanken bei einer Sache ist, die übrige Zeit aber ganz eigenen Gedanken nachhängt.

Hannibal Nagelkant steht auf und geht der Grossmutter nach, kann sie aber nicht finden. Sie ist wie vom Erdboden verschluckt. Er schaut hinaus. Draussen gibt es eine ansehnliche Fläche gleichmässigen dunkelgrünen Rasens. Die Grossmutter ist nicht zu finden. Hannibal kommt zu Cousine und Tante zurück. «Die Grossmutter ist nicht zu finden, sie ist verschwunden.»

Cousine und Tante helfen suchen, aber sie können die Grossmutter nirgendwo finden. Die Tante überreicht Hannibal eine Visitenkarte. «Hier sind die Kontaktangaben eines Privatdetektivs, der mir in einer anderen Sache empfohlen worden ist. Vielleicht ist es das Beste, du kontaktierst ihn, um uns bei der Suche zu helfen.» Hannibal steckt die Karte ein.

Hannibal Nagelkant betritt das Büro des Detektivs. Der Detektiv sitzt mit grauen Haaren, einem grauen Schnauz, gutmütigem Gesicht, in hellblauem Jeanshemd, hellblauen Jeanshosen und knallbunten Westernstiefeln in einem hellbraunen Sessel vor einer Bücherwand, die wegen der Menge und Dichte an Büchern knallbunt erscheint. «Sie sind mir empfohlen worden, können Sie mir helfen, meine Grossmutter zu finden? Sie scheint verschwunden zu sein.» Der Detektiv steht auf, nimmt von einem hellbraunen Tisch einen Schlüsselbund und eine hellblaue Jeansjacke. «Natürlich kann ich. Deswegen nennt man mich einen Privatdetektiv. Lassen Sie uns sehen, was wir tun können.»

Hannibal und der Privatdetektiv treffen bei den Grosseltern ein. Cousine und Tante haben die Grossmutter inzwischen nicht finden können. Der Privatdetektiv nickt, schaut unter dem Tisch nach, streicht in den geschmeidigen Westernstiefeln herum, besucht im dunkelrot abgedunkelten Zimmer den Grossvater, dem aber auch nichts Besonderes aufgefallen zu sein scheint, schaut hinaus, besieht sich die ansehnliche Rasenfläche, macht ein besonders vernünftiges und schlüssiges Gesicht. «Es könnte natürlich sein, dass sie im Rasen verschwunden ist.» «Mitsamt meiner Halbjahresbuchhaltung?» «Ja, das ist natürlich gut möglich.» «Das wäre natürlich schlimm, weil ich meine Grossmutter wiederfinden möchte und weil ich die Zahlen meiner Buchhaltung nirgendwo sonst aufgeschrieben habe denn auf diesen Papieren.» Cousine und Tante: «Deine Papiere sind gerade jetzt wohl weniger von Belang.» «Natürlich nicht, ich meine ja nur, wenn sie verschwunden sind, ist ein halbes Jahr verschwunden.» «Wir wollen zuerst einmal nachsehen.» Der Detektiv nimmt aus der Hosentasche der hellblauen Jeans ein Feuerzeug, läuft in stockenden Schritten kreuz und quer die Rasenfläche ab. Nach jedem Schritt zündet er kurz das Feuerzeug an und blickt in die Flamme. «Wenn die Flamme flackert, dann könnte es ein Anzeichen sein, dass die gute Frau an dieser Stelle in den Rasen eingetaucht und darin untergegangen ist.» «Wäre das schlimm?» «Nein, nicht besonders schlimm, das kommt häufiger vor. Aber vielleicht kommt sie einfach nicht mehr zurück.» Hannibal Nagelkant traut sich nicht, ein entsetztes Gesicht zu machen, obwohl ihm fast unumgänglich danach ist.

Hannibal, Cousine, Tante und der Detektiv suchen weiter. Nach einer Weile setzen sie sich zu viert an den Tisch. Die Tante schenkt allen vieren Tee ein. Die Stimmung ist bedrückt.

Der Grossvater in dunkelrotem Morgenrock kommt herein, stellt sich einen weiteren Stuhl an den Tisch, setzt sich dazu, nimmt ein Stück hellbraunen Apfelkuchen. «Wisst ihr, sie war nie eine Frau, die sich hätte aufhalten lassen. Ich habe niemals versucht sie aufzuhalten, und in letzter Zeit schien sie mir zunehmend abwesender, obwohl sie mich immer noch sehr mag, das weiss ich, dass sie mich mag wie eh und je.» Hannibal, Cousine und Tante: «Ja, aber ist sie jetzt einfach in den Rasen getaucht und verschwunden?» Der Grossvater und der Detektiv: «Wir wissen es natürlich nicht, aber es könnte sein.»

Der Privatdetektiv steht auf. «Ich denke, ich werde langsam gehen. Es tut mir leid, dass ich Ihnen nicht weiterhelfen konnte, ich werde Ihnen die Rechnung schicken.» Der Grossvater: «Danke Ihnen für Ihre Bemühungen, schicken Sie die Rechnung Hannibal Nagelkant, er hat ein eigenes Geschäft.» Der Privatdetektiv winkt mit der Hand, in der er auch den Schlüsselbund hält, wodurch leise die Schlüssel zu hören sind, und geht dann.

Der Grossvater: «Nun, Hannibal, du wolltest doch eigentlich kommen, damit ich dir ein wenig buchhalterisches Verständnis und ein wenig mehr Geschick und Raffinesse beibringe.» «Ja, aber die Papiere sind weg, Grossmutter hat sie mitgenommen.» «Du hast sie Grossmutter gegeben?» «Ja, sie hat gesagt, sie wolle sich die Sache einmal ansehen.» «Das ist natürlich schlecht, nun müssen wir warten, bis sie möglicherweise wieder auftaucht, und sonst musst du halt in einem halben Jahr wiederkommen, um mir die zweite Halbjahresbuchhaltung vorzulegen und zu unterbreiten.» «Ja, das ist schlecht.»

Die Cousine und die Tante: «Was sollen wir jetzt nur tun?» Der Grossvater: «Nichts, ihr geht und wir warten alle darauf, dass sie wieder auftaucht. Wenn sie zurückkommt, wo auch immer sie hingegangen ist, gebe ich euch natürlich umgehend Bescheid.» Hannibal, Cousine und Tante: «Ja, bitte, unbedingt.» Hannibal: «Es wäre wirklich wichtig, auch wenn die Papiere irgendwo zum Vorschein kommen.»

Alle umarmen einander kurz, bleiben dabei aber sehr ernst, selbst der Grossvater. Und damit endet dieser Besuch Hannibal Nagelkants bei den Grosseltern.

SCHWARZE KASSETTEN

Pulpo Maastricht bewohnt nun eine schöne Mietwohnung in einem schönen Haus mit insgesamt vier Wohnungen übereinander. Dazu gibt es zuoberst eine schöne Dachkammer, in der drei Architekten beschäftigt sind. Die Architekten bekommt man ausserhalb ihrer Dachkammer eigentlich nie zu Gesicht, sie sind eigentlich immer beschäftigt. Pulpo Maastricht ist sich gewiss, dass die Architekten unter dem Dach nicht wünschen, von jemandem zum Essen eingeladen zu werden. Als er aber die Bewohner der übrigen drei Wohnungen im Haus in Gesprächen zufälliger Begegnungen im Treppenhaus ein wenig kennengelernt hat, lädt er sie auf einen Abend zu sich zum Essen ein.

Alle drei kommen. Es handelt sich um zwei schöne Männer und eine schöne Frau.

Pulpo Maastricht kocht nicht, stattdessen serviert er eine grosszügige Käseplatte und dazu auch Birnen und Nüsse und dazu auch noch ein schönes mehlgepudertes Brot mit einer Kruste, die knistert, wenn man Scheiben davon abschneidet und wenn man hineinbeisst. Nach dem Essen trinken sie einen süssen Wein, den die Frau mitgebracht hat und von dem sie alle behaupten, dass er ihnen unvergleichlich schmeckt. Von der Süsse des Weins und vom Alkohol ein wenig in Redseligkeit geraten, geschieht es auf einmal, dass die drei Nachbarn mit ihren Köpfen ganz nahe an Pulpo Maastricht herankommen.

«Nun, Pulpo, wir weihen dich ein. Wir, die Mieter der Wohnungen in diesem Haus, haben zuoberst in der

Dachkammer bei den Architekten unter einem ihrer Arbeitstische einige schwarze Kassetten versteckt. Die Architekten wissen davon nichts, sie sind so beschäftigt, dass es ihnen nicht einfällt, einmal unter die Tische zu schauen. Wenn man aber diese Kassetten in genau passende Aussparungen in der weissen Deckenverkleidung des reformatorischen Saals des Kunstmuseums einfügt und hineinsteckt, bis die Kassetten einrasten und es deswegen klickt, wird man reich, ganz einfach schwerreich.»

Pulpo Maastricht nickt. «Danke, dass ihr mich einweiht und mich in den illustren Kreis der Mieter aufnehmt.»

Die Nachbarn stehen auf, um sich zu verabschieden. Pulpo Maastricht begleitet sie zur Tür. Die Nachbarn gehen hinaus.

«Danke für die schöne Einladung.»

«Nichts zu danken, ich habe zu danken.»

Da stehen hinter den Nachbarn, die Pulpo Maastricht zugewandt vor der Tür stehen, um sich zu verabschieden, auf einmal drei Männer und machen deutliche und unfreundliche Gesichter.

«Wo sind die Kassetten?»

Die Nachbarn zucken zusammen, wollen sich nach den Männern umdrehen, aber diese haben die Nachbarn schon gepackt und halten sie fest.

Auch Pulpo Maastricht zuckt zusammen, und es wird ihm deutlich, dass er der Angesprochene ist.

«Ich weiss nicht. Kassetten, welche Kassetten?»

Die Männer: «Wo sind die Kassetten?»

Nun beginnt Pulpo Maastricht zu schwitzen. Er möchte etwas sagen, aber es fällt ihm nichts ein. Stattdessen fällt ihm ein, dass er einfach nur die Tür zuzuschlagen bräuchte und schnell den Schlüssel zu drehen, um sich aus der Affäre zu ziehen.

Er will nicht feige sein, aber er ist es.

Er schlägt die Tür zu und dreht den Schlüssel.

Es poltert an die Tür, aber es ist eine schöne Tür, die nicht so leicht nachgibt.

Die Männer: «Wo sind die Kassetten? Wenn du nichts sagst, werfen wir deine schönen Nachbarn die Treppe hinunter.»

Pulpo Maastricht will nicht feige sein, aber er steht hinter der verschlossenen Tür und macht nichts.

Die Männer: «Wir werfen deine Nachbarn die Treppen hinunter.»

Man hört es heftig im Treppenhaus poltern.

Pulpo Maastricht ist es, als würde er das Knacken der Knochen hören können. Er bleibt hinter der Tür stehen. Im Treppenhaus kehrt Ruhe ein und es bleibt still. Lange bleibt er stehen, lange.

Irgendwann schliesst er die Tür auf, öffnet sie. Im Treppenhaus ist es ruhig und still. Die Treppen hinabschauend, sieht er weiter unten im Treppenhaus reglos und leblos verrenkt und zerbrochen seine Nachbarn liegen. Er hastet die Treppen hinauf bis in die Dachkammer, wo er die Architekten vorfindet, so fest beschäftigt, die Gesichter so nahe an die Bildschirme herangebracht, dass es wirkt, als möchten sie hineinkriechen.

Pulpo Maastricht: «Ist euch etwas aufgefallen?»

Die Architekten, ohne die Köpfe von den Bildschirmen zu nehmen: «Nein, wir sind beschäftigt. Wir Architekten sind das allerhärtest arbeitende Volk. Seit drei Wochen arbeiten wir allerhärtest, nahezu ununterbrochen, an der Erstellung eines Gebäudes am Bildschirm gefühlte drei Milliarden Wochen.»

Pulpo Maastricht hastet geduckt die Treppen wieder hinab, huscht in seine Wohnung, schliesst die Tür ab, bleibt lange hinter der Tür stehen. Irgendwann schliesst er die Tür wieder auf, macht auf. Im Treppenhaus ist es ruhig und still. Geduckt hastet er die Treppen hinauf und trifft unter dem Dach die Kammer leer an. Die Architekten sind weg, die Arbeitstische leer.

Pulpo Maastricht kriecht unter die Tische, und wie ihn seine Nachbarn eingeweiht haben, findet er unter einem Tisch einige schwarze Kassetten. Zwischen beiden Händen zusammengepresst kann er sie gut tragen, hastet die Treppen hinab. Die Treppen weiter hinabschauend sieht er, dass das Treppenhaus leer ist. Seine leblosen Nachbarn sind weg. Es wird ihm deutlich, dass er von nun an unentwegt in Gefahr schwebt.

Er schliesst sich in seiner Wohnung ein, bleibt lange hinter der Tür stehen, zieht dann einen weiten Mantel an, verstaut die Kassetten in allen möglichen Manteltaschen, verlässt dann die Wohnung, hastet geduckt die Treppen hinab, verlässt das Haus, hastet im weiten dunklen Mantel geduckt durch die dunkle Nacht, bis er am Kunstmuseum ankommt. Den Rest der Nacht schleicht er geduckt in allen möglichen Schatten ums Kunstmuseum herum.

Als am Morgen das Portal des Museums für Besucher aufgeht, hastet Pulpo Maastricht hinein und die Treppen hinauf in den reformatorischen Saal. Wie ihn seine Nachbarn eingeweiht haben, entdeckt er in der weissen Decke Aussparungen, in die die mitgebrachten schwarzen Kassetten eigentlich genau passen müssten. Die Decke des reformatorischen Saals ist so niedrig, dass er sie mit ausgestrecktem Arm und auf Zehenspitzen erreichen kann.

Er steckt die Kassetten in die Aussparungen, bis sie einrasten und es klickt.

Als er die letzte schwarze Kassette in die weisse Decke steckt und hineinschiebt, bis es klickt, gehen überall in der Decke weisse Klappen auf und heraus rauscht ein Regen von Goldmünzen, die überall auf den Boden prasseln. Der Regen, das Rauschen und Rasseln scheinen kein Ende zu nehmen. Eine gefühlte Ewigkeit bleibt Pulpo Maastricht im Regen stehen.

Irgendwann zuckt er aber zusammen, geht hastig zu Boden, rafft ringsherum so viele Münzen zusammen und stopft sie in alle Manteltaschen wie möglich, springt auf und hastet im weiten, schweren Mantel geduckt aus dem Kunstmuseum hinaus und schnellstens weg.

Er weiss, dass er feige ist, aber hofft dennoch, dass man ihn gerade noch einmal davonkommen lässt.

Und im Davonhasten kommt es ihm so vor, als könnte er aus dem rauschenden Münzregen, den er hinter sich lässt, in einer weit verstreuten und hohlen Tonalität die Worte hören:

«Du bist ein schlechter Mensch. Du hast es nicht verdient. Es sollte Asche auf dich regnen, aber es regnet Kohle für dich.»

WASHINGTON-SCHULE FÜR ELIXIERE

Das Gebäude ist ein Glasklotz. Über der grossen, automatischen Glasschiebetür steht gross angeschrieben:

Washington-Schule für Elixiere

Vor dem Gebäude steht die scheue Frau Merthe Longdyl. Sie wohnt leider immer noch bei ihrem Vater. Es ist ihr leider immer noch nicht gelungen, eine Ausbildung abzuschliessen. Sie traut sich nicht, sich eines Stoffes anzunehmen, geschweige denn sich einen Stoff anzueignen, einen Stoff zu lernen und schliesslich zu beherrschen. Sie traut sich nicht zu genügen, geschweige denn gut oder sehr gut oder gar überragend zu sein. Sie bleibt lieber draussen stehen. Merthe Longdyl traut sich nicht, in das Gebäude hineinzugehen. Sie steht draussen vor dem Gebäude und betrachtet die grosse Schrift über der Tür:

Washington-Schule für Elixiere

Da erscheint ein lustiger Mann vor dem Gebäude, offensichtlich ein Student. Der Mann schlendert daher und in das Gebäude hinein.

Da fasst sich Merthe Longdyl ein Herz, weil sie auch nicht wüsste, wie sie am Abend dem Vater erklären sollte, dass sie gar nicht in die Schule hineingegangen wäre, beeilt sich und folgt dem lustigen Studenten durch die Glastür in das Gebäude hinein.

Im Gebäude wirkt alles spiegelnd, gläsern, voller Erwartungen und eiskalt.

Da der lustige Mann schlendert, hat ihn Merthe Longdyl sogleich eingeholt. Mit einem verspiegelten Lift fahren sie in irgendeine Etage und betreten irgendwo ein eiskaltes Schulzimmer, wo sich Merthe Longdyl neben den lustigen Mann an ein blankes Pult setzt.

Es erweist sich, dass Merthe Longdyl Glück hat. Sie ist, indem sie dem Mann gefolgt ist, in die allererste Schulstunde des Studiums geraten. Die frischen Studenten erhalten alle ein Buch ausgeteilt und dazu drei Flakons, zwei kleine und einen etwas grösseren. Alle drei sind bereits mit Flüssigkeiten gefüllt. Dazu gibt es aber drei Sprühköpfe, zwei kleine und einen grösseren, die von den Studenten selber auf die Flakons geschraubt werden müssen.

Der lustige Mann nimmt das Buch vom Pult, schlägt es auf, blättert, bis er die erste richtig beschriebene Seite findet, liest laut vor:

«Elixiere sind reproduzierbare Mischverhältnisse von Flüssigkeiten.»

Der lustige Mann wendet Merthe Longdyl das Gesicht zu, lacht laut aus dem Gesicht heraus, schlägt dann das Buch laut zu.

«Wie interessant, ich finde das sehr interessant.»

Dann lacht er noch einmal laut, und dann macht er ein stilles und fröhliches Gesicht.

Merthe Longdyl betrachtet den lustigen Mann scheu von der Seite. Sie traut sich nicht, die Sprühköpfe auf die Flakons zu schrauben, denn um sie aufzuschrauben, müsste man sie auf die Flakons aufsetzen und dann ein wenig anpressen, und erst dann könnte man schrauben. Würde man sie aber anpressen, würde man ja auch bereits den Mechanismus des Sprühkopfs betätigen und pressen und dann würde vielleicht bereits Flüssigkeit versprühen und das wäre vielleicht falsch oder verschwenderisch oder ungenügend.

Der lustige Mann nimmt sich nun ebenfalls der Flakons an.

«Ich finde das interessant. Ich verstehe, man muss zuerst den Sprühkopf pressen und also den Mechanismus betätigen und dann erst den Sprühkopf auf den Flakon setzen und aufschrauben, so dass keine Flüssigkeit versprüht.»

Merthe Longdyl versteht, aber sie traut sich immer noch nicht, die Sprühköpfe selber aufzuschrauben.

Der lustige Mann, der mit seinen Flakons bereits abgeschlossen hat, wendet sich ihr zu: «Siehst du, ich nehme einen deiner kleinen Flakons und du nimmst auch einen, und dann kannst du zusehen, wie ich schraube und dann kannst du es mir nachmachen und dann kannst du es auch.»

Merthe Longdyl ist froh, dass sie Glück hat. Auf diese Weise traut sie sich, ihre Flakons mit den Sprühköpfen zu verschliessen und fertigzustellen.

Der lustige Mann macht ein fröhliches Gesicht.

Am Abend sitzt Merthe Longdyl am Pult in ihrem Zimmer in der Wohnung, in der sie bei ihrem Vater wohnt und nimmt sich des Buches an. Auf der ersten richtig beschriebenen Seite liest sie:

«Elixiere sind reproduzierbare Mischverhältnisse von Flüssigkeiten.»

Sie blättert im Buch. Irgendwo liest sie:

«Die frischen Studenten erhalten nebst diesem Grundlagenbuch drei Flakons mit Grundflüssigkeiten, mit denen sie zu Anfang des Studiums lernen können, sämtliche einfachen Grundlageoperationen im verhältnismässigen Mischen von Flüssigkeiten vorzunehmen.»

Zuhinterst im Buch findet sie einige rote Seiten, die weiss bedruckt sind. Sie liest am Anfang der roten Seiten als Überschrift abgedruckt:

«Warnung: Folgende Grundlagenelixiere sollten sicherheitshalber ausschliesslich hergestellt werden, wenn man sich ihrer Herstellung und Verwendung absolut sicher ist, da die Ergebnisse äusserst scharfe Gifte sind.»

Da betritt der Vater Merthes Zimmer: «Warst du in der Schule? Hast du mit der Ausbildung angefangen?»

«Ja.»

«Und hast du irgendetwas verstanden?»

«Ja.»

«Und was, du dumme, blöde, geistesarme, hirnschwache, blöde Göre?»

Merthe macht ein scheues Gesicht: «Wir mussten selber Sprühköpfe auf die Flakons schrauben.»

Der Vater lacht laut: «Und das hast du verstanden, wie man das macht, obwohl du das blödeste Ding schlechthin bist? Und habt ihr vielleicht auch etwas gelernt, das ein wenig mehr als nur dumm und blöd ist?»

Merthe traut sich nicht, den Vater anzusehen. Sie betrachtet die rote, weiss bedruckte aufgeschlagene Seite des Buches und während sie nicht weiss, was sie sagen soll, liest sie wie beiläufig: «Genau zwei Sprühstösse aus dem einen kleinen Flakon und genau zwei Sprühstösse aus dem anderen kleinen Flakon...»

Sie fasst sich ein Herz, greift nach dem einen kleinen Flakon, der auf dem Pult steht, wendet sich dem Vater zu und sprüht ihm wie beiläufig zwei Stösse mitten ins Gesicht auf Mund und Nase. Unwillkürlich zieht der Vater scharf Luft durch die Nase ein und leckt mit der Zunge über die Lippen. Sein Gesicht verfinstert sich. Da aber hat Merthe wie beiläufig bereits den zweiten der kleinen Flakons ergriffen und sprüht dem Vater zwei Stösse ins Gesicht. Der Vater leckt die Lippen und fällt dann unwillkürlich in sich zusammen und streckt sich auf dem Boden aus.

Ob der Vater Merthe Longdyl nur mündlich hat zusammenstauchen wollen oder sie zuzüglich auch noch ins Gesicht hauen, bleibt ungeklärt.

Sie betrachtet die rote Seite, liest: «... ergibt Zachalyt, welches als schärfstes Nervengift operiert.»

Merthe Longdyl macht das Buch zu, streicht mit der Hand über den Deckel. Sie hofft inständig, dass der lustige Student das frisch aufgenommene Studium der Elixiere nicht aufgeben oder abbrechen wird, sondern es mit Bravour abschliessen und also sie selber auch.

PINK FUCK

Eines Tages, als die aufstrebende Jazzband Pink Fuck sich im Proberaum befindet, um für die anstehende Tour zu proben, springt der Schlagzeuger mitten in der Probe eines turbulenten Liedes vom Hocker auf, so dass der Hocker nach hinten gegen die Wand des Proberaums spickt.

Ergrimmt steht er da, beide Schlagzeugstöcke miteinander fest in einer zur Faust geballten Hand haltend.

«Wie ich euch von hier aus sehe aus meiner Perspektive hinter dem Schlagzeug, seht ihr für mich an euren sinnlosen und grässlichen Instrumenten aus wie gottverdammte Flamingos!»

Er holt mit der Faust weit aus und drischt einige Male, so fest er kann, mit beiden Stöcken auf einmal auf eine grosse Trommel ein.

«Ohne mich.»

Der grimmige Schlagzeuger bemüht sich hinter dem Schlagzeug hervor, durchquert den Raum, reisst die Tür auf.

Die Band: «Und was ist mit unserer Westafrika- und Karibiktour?»

Der Schlagzeuger: «Ohne mich, ihr gottverdammten Flamingos!»

Hinter dem Schlagzeuger knallt die Tür zu und er kommt nicht wieder.

Einige hektische Tage später, als die Band einen neuen Schlagzeuger gefunden hat und sich im Proberaum befindet, um erneut für die anstehende Westafrika- und Karibiktour zu proben, springt der neue Schlagzeuger mitten in der Probe eines turbulenten Liedes vom Hocker auf.

Bestürzt steht er da, beide Schlagzeugstöcke miteinander in einer Hand haltend:

«Entschuldigung, habt ihr daran gedacht, dass ich an jedem Ort, an dem ich spiele, einen Super Dry Martini mit zwei Cocktailkirschen brauche?»

Die Band: «Martini und Cocktailkirschen?»

Der neue Schlagzeuger: «Ja, Super Dry Martini mit zwei Cocktailkirschen. Alle in der Szene wissen, dass ich das brauche. An jedem Ort, an dem ich spiele.»

Die Band: «Entschuldigung, wir haben es nicht gewusst, aber wir könnten ja Martini und Kirschen auf die Tour mitnehmen.»

Der Schlagzeuger: «Das geht nicht. Wenn ich es mitnehme, ist es nicht das Gleiche, wie wenn ich es an jedem Ort, an dem ich spiele, bekomme. Ich brauche das.»

Die Band: «Aber die Zeit drängt und wird zu knapp, wir schaffen es nicht, dass jeder Ort Martini und Cocktailkirschen für dich bereithält.»

Der Schlagzeuger: «Entschuldigung, aber dann kann ich nicht mitmachen.»

Die Band: «Aber wir finden keinen neuen Schlagzeuger mehr für die Tour.»

Der Schlagzeuger: «Entschuldigung, aber es geht nicht.» Er bemüht sich hinter dem Schlagzeug hervor, durchquert den Raum, öffnet die Tür. Hinter dem Schlagzeuger schliesst sich die Tür leise, aber bestimmt.

Die Band ist echt niedergeschlagen. Sie wissen nicht, wie es zu verhindern sein könnte, dass Pink Fuck die anstehende Westafrika- und Karibiktour absagen muss.

DIE BEDROHUNGSLAGE

In der Nacht erwacht ein Mann und fühlt sich hellwach. Tief im Bett vergraben schaut er aus dem Bett zum Fenster hinaus und sieht weit draussen am Nachthimmel einen sehr hell leuchtenden Punkt. Es ist so weit. Die Invasion der Ausserirdischen steht bevor, gleich werden die Ausserirdischen schiessen und einen Endzeitfeuerregen über die Erde niedergehen lassen, worunter die Erdoberfläche verglühen und ersticken wird.

Der Mann springt aus dem Bett zur Wohnungstür hinaus, die Treppen hinab in den Keller, wo er aufgeregt und heftig an eine verriegelte Kellertür pocht.

«Mach auf, gleich ist es so weit.»

Vernehmlich werden hinter der Tür schwerste Gegenstände beiseite gehoben und geschoben.

Dann hinter der Tür: «Bist du es? Ist es so weit?»

Der Mann: «Ja, ich, ja, gleich.»

Die Tür wird entriegelt und öffnet sich. Der Mann springt hinein. Im Keller hat seine Frau auf den Mann gewartet.

Das letzte Mal, als sie gemeinsam die Treppen hinab in den vorbereiteten Keller sprangen, um sich zu verbarrikadieren, um dann festzustellen, dass sie sich geirrt hatten, sagte die Frau schliesslich zum Mann, dass sie vielleicht noch sicherer und vorbereiteter sein könnten, wenn sie gleich im Keller bliebe, sich ein Feldbett aufschlüge und das Schlimmste erwartend, des Mannes harrend, so gut es ginge im Keller zu hausen versuchen würde, bis es wieder so weit wäre. Der Mann war begeistert von den vorauseilenden Einsichten und den planerischen Fähigkeiten seiner Frau und verliess den Keller, nachdem sie noch vereinbart hatten, dass er, wenn es so weit wäre, heftig an die Tür klopfen würde und dazu «Es ist so weit» riefe. Die Frau verriegelte die Tür, schob und hob schwerste Kisten voller Konservendosen herbei, um sie an der Tür zu deren Verrammelung und Verbarrikadierung aufzuschichten. Der Mann stieg zurück, hinauf in die Wohnung weiter oben im Haus, und hielt die Wohnung, während seine Frau im Keller hauste, in Schuss, für den Fall, dass die Bedrohungslage wieder einmal abnehmen statt zunehmen sollte und die Frau sich entschliessen sollte, noch einmal einen Versuch zu wagen und in der Wohnung weiter oben im Haus statt im Keller zu wohnen, so dass sie, wenn sie heraufkäme, eine wohnliche und in Schuss gehaltene Wohnung vorfände.

Da es aber stattdessen wieder so weit ist und weit draussen am Nachthimmel ein sehr hell leuchtender Punkt zu sehen ist und die Invasion der Ausserirdischen bevorsteht und der Mann zur Frau in den Keller eilen muss, schieben und schichten der Mann und die Frau im verriegelten Keller die schweren Kisten voller Konservendosen an die Tür, um diese zu verrammeln.

Tagelang hausen der Mann und die Frau im Keller, essen sparsam aus den Konservendosen, schlafen gemeinsam auf dem schmalen Feldbett, was sich sehr eng, aber gleichsam sicher und vom Keller ringsherum beschützt anfühlt.

Von draussen vernehmen sie aber weiter nichts.

Es geschieht nichts.

Alles bleibt, wie es ist.

Sie essen sparsam aus Konservendosen, wenn sie hungrig sind, und schlafen gemeinsam auf dem Feldbett, wenn sie sich schläfrig fühlen.

Es geschieht aber nichts und wieder nichts.

Schliesslich entschliessen sich der Mann und die Frau, den Schutz des Kellers wieder aufzugeben. Sehr vorsichtig schaffen sie die Kisten von der Kellertür weg und entriegeln die Tür, und scheu schauen sie zur Tür hinaus.

Dann schauen sie immer mutiger hinaus.

Dann lassen sie die Tür offenstehen, steigen die Kellertreppe hinauf und verlassen das Wohnhaus, ohne der Wohnung weiter oben im Haus auch nur noch einen einzigen Besuch abzustatten, und beschliessen, draussen vor dem Haus, da trotz aller Bedrohung nun zum weiss nicht wievielten Mal nichts Schlimmes geschehen ist und stattdessen wieder alles geblieben ist, wie es gewesen war, von nun an ein grosszügiges und grossspuriges und überschwängliches und überwältigendes Leben in Angriff zu nehmen.

LUTHAR GINSBERGS SCHRIFTSTELLERISCHE LESUNGEN

Luthar Ginsberg veranstaltet schriftstellerische Lesungen in seinem Landhaus, für die er sich nicht interessiert und die ihn langweilen. Da aber im Leben Luthar Ginsbergs und im amerikanischen Süden eigentlich immer Sommer ist und das Landhaus über eine grosszügige Veranda verfügt, kann Luthar Ginsberg getrost die gesamte Veranstaltung auf der Veranda verbringen, mitsamt aller eingeladenen Gästen, denen er Getränke anbietet, die er mit Bourbon, viel Eis, viel frischer Minze und ein wenig Zuckersirup zubereitet und die er auch selber sehr schätzt.

Wenn der eingeladene Schriftsteller im Veranstaltungssaal des Landhauses, dessen leichte, filigrane, grosszügige, weite Flügeltüren nach der Veranda hinaus eigentlich immer weit offen stehen, zu Ende gelesen hat, kann er auf der Veranda erscheinen, wo laut geredet und gelacht wird, und rufen: «Hallo, hallo, ich habe zu Ende gelesen».

Dann wird der eingeladene Schriftsteller von Luthar Ginsberg wieder hineinbegleitet und noch einmal an das Lesepult gesetzt.

Die Gäste strecken kurz die Köpfe durch die weit offenen Türen in den Veranstaltungssaal hinein, betrachten den Schriftsteller, der, am Lesepult sitzend, von einer Leselampe angestrahlt wird, kurz, machen gutmütige Gesichter und applaudieren kurz, um sich dann wieder dem Leben auf der Veranda zuzuwenden.

Luthar Ginsberg zieht den Schriftsteller hinter dem Lesepult hervor, kneift ihn, ob jung oder alt, Frau oder Mann, kurz in die Nase, sagt: «Das hast du prima gemacht, du bist ein hübsches Ding», überreicht ihm zum Dank und zum Lohn einen Geldschein über 100 amerikanische Dollar und dazu ein selbstgemachtes Käsesandwich und einen Orangensaft in einer Plastikflasche, begleitet den Schriftsteller zur Tür und wirft ihn hinaus, um sich dann zurück auf die Veranda des Landhauses zu begeben und sich mit grosser Lust wieder der Zubereitung seiner Getränke und seinen Gästen zu widmen, die er alle sehr schätzt und die er alle wieder einladen wird, wenn er wieder eine schriftstellerische Lesung veranstaltet.

LEUCHTENDE GESICHTER

Ein Mann geht in einem langen schwarzen Mantel durch die Nacht und wäre kaum zu sehen, da es eine finstere Nacht ist, wenn er nicht das Licht seines Mobiltelefons benützen würde, um sich im Finstern zurechtzufinden, und wenn nicht hinzukäme, dass sein Gesicht leuchtet.

Manchmal kommt ihm jemand entgegen, schaut ihn zutraulich oder scheel oder schauerlich an oder schaut deutlich weg.

Einmal kommt ihm jemand entgegen und sagt: «Dein Gesicht leuchtet.»

Der Mann löscht das Mobiltelefon, steckt es ein, hat die Hände frei, hält sie vors Gesicht und sieht die Hände im Licht seines Gesichts: «Mein Gesicht leuchtet.»

Der Mann geht, die Hände in den langen schwarzen Mantel vergraben, durch die Nacht, benützt das Licht seines Gesichts, um sich im Finstern zurechtzufinden.

Einmal kommen ihm eine Kuh und ein Kind entgegen. Ihre Gesichter leuchten, er sieht sie von Weitem im Licht ihrer Gesichter ihm entgegenkommen und ruft: «Eure Gesichter leuchten!»

Wenn die Kuh stark schnaubt und ihr starker und behäbiger Kopf ins Wanken gerät, scheint sie ihre vom Licht ihres Gesichts erleuchtete Umgebung in wankende Bewegung zu versetzen.

Das Kind richtet sich an den Mann: «Unsere Gesichter leuchten, und wenn uns jemand entgegenkommt, werden wir angeschaut und darauf angesprochen. Können wir nicht mit dir mitkommen und zu dritt durch die Nacht gehen?»

«Kommt mit, wir werden uns schon zurechtfinden.»

Die Kuh, das Kind und der Mann im schwarzen Mantel gehen zu dritt im Licht ihrer Gesichter durchs Finstere, machen sich damit vertraut, dass ihre Gesichter leuchten, und gewöhnen sich daran.

FLUG TP1105 NACH SINGAPUR

Popanz Ruzte kommt auf seinem Weg zum Flughafen, noch bevor er den Bus zum Flughafen nimmt, zu Fuss in einem schwarzen Hemd, in einem schwarzen Anzug, in funkelnd schwarzen Lackschuhen, die ihm eigentlich sehr gut gefallen, und mit einer prallen schwarzen Nylonreisetasche an einer Apotheke vorbei. Und ihm fällt leider ein, dass er eigentlich gekleidet ist wie zu einer Beerdigung, was ihm auf einmal solche Angst macht. Und er wird den Flug TP1105 nach Singapur nehmen müssen, was ihm auf einmal solche Angst macht. Er geht in die Apotheke hinein und fragt nach einem Allerheilmittel gegen böse Vorahnungen und gegen Flüche und gegen Flugangst.

Er wird von einer weissen Dame bedient: «Was können wir Ihnen denn Schönes tun? Wir müssen überlegen.»

Popanz Ruzte: «Bitte ein Allerheilmittel.»

Die weisse Dame erklärt ihm nun, indem sie vor ihm weg mit ihm zusammen durch die Apotheke geht, dass das Beste eine Halskette aus funkelnd grünen Steinen ist.

«Sie müssen die Halskette um den Hals tragen und stetig beschwören. Die entsprechende Beschwörungsformel finden Sie auf einem kleinen Zettel, der an der Halskette befestigt ist, den sie von der Halskette abreissen, lesen und dessen Formel Sie auswendig lernen müssen, um dann die Kette um den Hals stetig Stein für Stein zu ertasten und zu beschwören.»

Die weisse Dame legt Popanz Ruzte eine schöne Halskette von funkelndem Grün in die Hände.

«Die Kette wird Sie oben behalten, und sollte auch das ganze Flugzeug rings um Sie herum abstürzen, ihren Sitzplatz wird die Kette oben behalten.»

Die weisse Dame nimmt ihm die Kette wieder aus den Händen, geht mit ihm durch die Apotheke und gibt ihm dann etwas Flaches, Biegsames, straff und satt von weisser Schnur Umwickeltes in die Hände.

«Und da haben wir eine übergrosse Rasierklinge für Sie.»

Popanz Ruzte merkt, dass man die Klinge auf einer Seite aus der weissen Schnurumwickelung herausziehen kann. Er hält eine übergrosse, silbern funkelnde Rasierklinge in den Händen.

«Aber was soll ich damit anstellen?»

Die weisse Dame: «Sie müssen sich überlegen, dass das Flugzeug abstürzt. Dann müssen Sie doch Ihren Sitzplatz loskriegen, damit er oben bleiben kann, ansonsten würde er doch mit dem Flugzeug zusammen abstürzen. Mit dieser Rasierklinge schneiden Sie einfach rings um ihren Sitzplatz herum ihren Sitzplatz aus dem Flugzeug heraus.»

Popanz Ruzte: «Die Kette gefällt mir eigentlich besser. Ich möchte nicht überlegen, dass das Flugzeug abstürzt.»

Die weisse Dame: «Aber die Kette hilft nichts. Wie soll die Kette Sie oben behalten, wenn das Flugzeug abstürzt?»

Popanz Ruzte: «Aber Sie haben doch gesagt, dass mich die Kette oben behält, wenn ich sie beschwöre.»

Die weisse Dame: «Das tut sie auch, aber wie soll sie Sie oben behalten, wenn Sie im Flugzeug abstürzen? Sie müssen ihren Sitzplatz vom Rest des Flugzeugs entfernen, und das gelingt Ihnen, indem Sie sich mit dieser übergrossen Rasierklinge behelfen.»

Popanz Ruzte lässt sich die Rasierklinge aufschwatzen, kauft sie und verstaut sie griffbereit zuoberst in der schwarzen Nylontasche.

Popanz Ruzte nimmt den Bus zum Flughafen. Erst in der funkelnden Halle des Flughafens, als er auf einem grossen Bildschirm versucht die Informationen zum Flug TP1105 nach Singapur zu lesen, fällt ihm auf, dass er mit der übergrossen Rasierklinge in der Tasche niemals an der Sicherheitskontrolle vorbei ins Flugzeug gelassen werden wird. Es wird ihm niemals gelingen, die Rasierklinge ins Flugzeug zu bringen, was ihm auf einmal solche Angst macht, und es fällt ihm auf, dass die weisse Dame in der Apotheke ihm die grün funkelnde Halskette nur gezeigt, aber nicht verkauft hat, was ihm auf einmal solche Angst macht.

Nun steht er da in der funkelnden Glashalle des Flughafens, hält Ausschau nach den Informationen zu seinem Flug und steht da mit leeren Händen. Er hat Angst und kein Heilmittel.

Da steht auf einmal eine alte, von Furchen und Schattierungen gezeichnete Dame vor ihm, mit silbern funkelnder Haarpracht, rot funkelnden, furchigen Lippen, in einem schweren dunkelgrünen Wollmantel, in rot funkelnden Schuhen, zieht ein silbern funkelndes Zigarettenetui aus dem Mantel, überreicht Popanz Ruzte mit von Furchen und Schattierungen gezeichneten Händen eine schöne weisse Zigarette.

«Rauchen Sie die, kurz bevor Ihr Flug geht. Rauchen Sie sie gut bis auf den Stummel hinunter. Danach werden Sie für etwa achtundvierzig Stunden genug Dunst im Körper angereichert haben, dass Sie oben bleiben. Sie müssen keine Angst haben, wenn das Flugzeug abstürzt. Verlassen Sie es einfach durch den Notausgang und gehen Sie zu Fuss weiter und rudern Sie in übergrossen Bewegungen mit den Armen, um sich fortzubewegen, nähern Sie sich stetig und langsam rudernd dem Boden.»

Popanz Ruzte: «Wie kommen Sie dazu, mir zu helfen?»

Die Dame: «Ich habe Sie beobachtet, wie Sie von Angst ergriffen mit verkniffenem Gesicht und nervösen Händen dastehen. Da habe ich mir gedacht, dem traurigen Herrn musst du etwas Gutes tun.»

Als Popanz Ruzte in einem kleinen Glashaus, in dem das Rauchen erlaubt ist, kurz bevor sein Flug geht, die Zigarette raucht und aus dem kleinen Glashaus heraus durch das funkelnde Glas der Abflughalle hinaus auf die bereiten, schönen, weissen Flugzeuge schaut, muss er leider weinen und schluchzen, weil er traurig ist, dass er solche Angst hat, und weil er so glücklich ist, dass die alte Dame im schrecklichsten Moment der Entbehrung hat Hilfe angedeihen lassen.

EIN MÄDCHEN WIE HONIG

In einem einstöckigen, mit unterdessen verflecktem altrosa Spannteppich ausgelegten, mit unterdessen verfleckten altrosa Tapeten ausgeschlagenen altrosa Haus mit zwei Zimmern und angebauter Garage sitzt im Zimmer neben der angebauten Garage auf einem verbrauchten altrosa Sofa ein Mädchen in einem verwaschenen Jeansoverall vor dem Fernseher.

Das Mädchen heisst Honig und ist traurig.

Im Nebenzimmer streiten die Eltern.

Kaum je streiten sie nicht. Kaum je ist kein Krach im Haus.

Die Eltern streiten sich und irgendwann springen sie sich an die Gurgel und würgen sich, und röchelnd und keuchend und hechelnd prügeln sie sich und schmeissen sich gegen die dünnen Wände.

Honig sitzt vor dem Fernseher und ist traurig.

Im Nebenzimmer streiten die Eltern.

Irgendwann steht Honig auf, hängt den Fernseher, der wie ein Bild an der altrosa Tapete hängt, von der Tapete ab, entfernt die Rückseite des Fernsehers, geht hinüber in die angebaute Garage, die mit Gerümpel vollgestopft ist, macht das Licht an, sucht sich einen Vorschlaghammer, mit dem sie ein Loch in die dünne Wand hinüber ins Zimmer schlägt, sucht sich eine geeignete Säge, macht aus dem beliebigen Loch des Vorschlaghammers mit der Säge ein schön viereckiges Loch, steigt durch das Loch ins Zimmer, holt die eingerahmte Glasscheibe des Fernsehers ohne Rückseite, stellt die Glasscheibe unter das Loch, steigt durch das Loch in die angebaute Garage zurück, hängt aus der Garage, durch das Loch greifend, die Glasscheibe des Fernsehers vor das Loch, so dass aus dem Zimmer betrachtet der Fernseher wieder wie ein Bild an der Tapete hängt, findet in der Garage ein altrosa Kleidchen, das ihr vielleicht zu klein ist, das sie aber immer noch schön findet, zieht den Jeansoverall aus, zieht das altrosa Kleidchen an und löscht das Licht.

Im Nebenzimmer des Zimmers mit dem Fernseher streiten die Eltern, machen Krach.

Irgendwann kommen sie aber herüber, um sich vor den Fernseher zu setzen.

Die Eltern setzen sich in verwaschenen Jeansoveralls auf das verbrauchte altrosa Sofa und bedienen die Fernbedienung.

Honig macht in der angebauten Garage das Licht an, stellt sich hinter die Glasscheibe des Fernsehers und fängt im altrosa Kleidchen an, Nachrichten zu erzählen, die ihr gerade einfallen: «Dort ist Sturm, dort ist Krieg, dort ist Streit und ausserdem hat ein Mensch, der sich darum verdient gemacht hat, einen berühmten Preis gewonnen.»

Die Eltern schauen Honig im Fernsehen zu. «Kuck, ein Mädchen wie Honig kommt im Fernsehen, kuck, kuck, ein Mädchen wie Honig kommt im Fernsehen. Das Mädchen im Fernsehen sieht aus wie unser Mädchen, unglaublich.»

Irgendwann, als Honig keine weiteren Nachrichten mehr einfallen, macht sie das Licht aus. Die Eltern gehen wieder zurück ins Nebenzimmer, wo es nicht lange dauert, bis sie sich wieder in die Haare geraten und Streit anfangen. Irgendwann unterbrechen sie aber den Streit, um wieder ins Zimmer mit dem Fernseher zu kommen, um nachzusehen, ob wieder ein Mädchen wie Honig im Fernsehen kommt.

Honig macht das Licht an und erzählt hinter der Glasscheibe des Fernsehers Nachrichten, die ihr gerade einfallen.

Und die Eltern in Jeansoveralls sitzen auf dem verbrauchten altrosa Sofa und schauen Honig im Fernsehen zu.

DER SCHLECHTESTE GITARRIST DER STADT UND DER BESTE GITARRIST DER STADT

Der schlechteste Gitarrist der Stadt trifft auf den besten Gitarristen der Stadt.

Der schlechteste Gitarrist: «Wie machst du es?»

Der beste: «Ich will dich nicht zu mir heimnehmen, aber wir können zu dir heimgehen und ich zeige es dir. Hast du einen uralten, russverkrusteten schwarzen Topf?»

Der schlechteste Gitarrist nickt.

Die Gitarristen gehen heim zum schlechtesten Gitarristen.

Der schlechteste Gitarrist sucht den uralten, russverkrusteten schwarzen Topf, den er geerbt hat und eigentlich nie braucht, und bringt ihn dann zum Vorschein.

Der beste Gitarrist: «Jetzt kochst du Wasser im Topf.»

Der schlechteste Gitarrist kocht Wasser im Topf.

Als es glitzert, brodelt und dampft, bringt der beste Gitarrist der Stadt aus der Hosentasche ein zappelndes Mäuslein zum Vorschein, wirft das zappelnde Mäuslein ins brodelnde Wasser. Dem schlechtesten Gitarristen schiessen die Tränen in die Augen. Er macht eine Zuckung, die nach dem Mäuslein greifen will, sich aber nicht ins kochende Wasser vorwagt.

«Was ist das?»

Der beste Gitarrist: «Das ist es. Jetzt brauchst du Honig und Essig.»

Der schlechteste: «Ich habe keinen Honig und ich habe keinen Essig.»

Der beste: «Dann machen wir es ohne Honig und ohne Essig. Jetzt nimmst du zwei Gläser und stellst in jedes einen Löffel, damit es die Gläser nicht sprengt. Jetzt giesst du uns je ein Glas Wasser ein.»

Der schlechteste Gitarrist giesst kochendes Wasser in die Gläser.

Der beste: «Jetzt wartest du kurz, und jetzt trinkst du das Wasser in einem Zug.»

Die Gitarristen trinken das glitzernde Wasser.

Der schlechteste Gitarrist: «Es schmeckt scheusslich. Es schmeckt schlimm.»

Der beste: «Das ist es. Du schmeckst die Ängste, die Schrecken und die Schmerzen. Du wirst Gitarre spielen wie ein Heiliger. Du kannst dasselbe auch mit Muscheln machen, und du wirst spielen wie ein Heiliger.»

Der schlechteste: «Es ist schlimm. Du bist schlimm.»

Der beste: «Du wirst Gitarre spielen wie ein Heiliger.»

EINIGE LEUTE UND ETWAS GRAVIERENDES

Einige Leute werden zu einem verschachtelten Haus gebracht und darüber unterrichtet, dass, wenn es ihnen gelänge, über Nacht alle Türen des Hauses offen zu halten, allen Dämonenheeren der höllischen Unterwelt Tür und Tor geöffnet würden, um sich gnadenlos über die Welt herzumachen.

Die Leute freuen sich darauf, dass auf der Welt einmal etwas Gravierendes geschehen möge.

In der Nacht bemühen sich die Leute, alle Türen des Hauses offen zu halten. In der Nacht pfeift aber ein Wind um das Haus, und das Haus erweist sich als zu verschachtelt, so dass ständig einige Türen zuschlagen und so dass in der Nacht ein einziges Pfeifen des Windes und Türenknallen herrscht.

Schliesslich treffen sich die Leute zur Besprechung. Niemandem ist etwas Gravierendes aufgefallen. Die Leute verkriechen sich unter den alten, verzworgelten Bäumen im verwunschenen Garten des verschachtelten Hauses.

In der Nacht bemühen sie sich, alle Türen des Hauses offen zu halten, aber es herrscht ein einziges Pfeifen des Windes und Türenknallen.

Schliesslich treffen sich die Leute zur Besprechung und eine Frau berichtet davon, dass sie wohl einmal von Weitem einen alten, verkrüppelten Mann habe rufen hören, den sie dann auch von Weitem habe verkrüppelt stehen sehen und der ihr zugerufen habe, dass er wohl Lust hätte, über alles herzufallen, dass er aber allein sei und alt.

Die Leute verkriechen sich unter die alten, verzworgelten Bäume im verwunschenen Garten des Hauses.

In der Nacht bemühen sich die Leute, alle Türen des Hauses offen zu behalten, aber es gelingt ihnen nicht, und ständig knallen einige Türen zu.

Schliesslich treffen sich die Leute zur Besprechung und eine Frau berichtet davon, dass ihr wohl ein verdrehtes und verschwurbeltes und verwunschenes und peinliches Wesen begegnet sei, und zwar auf den Händen statt auf den Füssen gehend, und ihr berichtet habe, dass es allein sei, so dass es beschlossen habe, fortan auf den Händen statt auf den Füssen zu gehen, um immerhin das Wunder der Verdrehtheit und Umgekehrtheit erleben zu dürfen.

Die Leute verkriechen sich unter die verzworgelten Bäume im Garten des verschachtelten Hauses und hoffen darauf, dass es nicht mehr allzu lange dauern möge, bis sie vom verschachtelten Haus wieder weggebracht werden.

UMS HAUS HERUM IST STILL

Vier miteinander befreundete Ehepaare haben beschlossen, zwei Nächte im Berghaus zu verbringen, das dem einen Ehepaar gehört. Das Berghaus ist braun und robust und es ist umkränzt von schwarzen, ineinander verflochtenen Tannen. Alle Paare sind angereist mit ihren erwachsenen, miteinander befreundeten Söhnen. Der Sohn des Ehepaars, dem das Berghaus gehört, hat aber beschlossen, die Nächte in einem kleinen, nicht weit entfernten Berggasthof zu verbringen, zu dem ihn eine kleine abendliche Wanderung führt und eine kleine morgendliche Wanderung wieder zurück zum Haus, wodurch er der nächtlichen Enge und Schwärze des elterlichen Berghauses entkommt. So macht sich der Sohn am Abend auf die kleine Wanderung zum Berggasthof.

Am Morgen wandert der Sohn vom Gasthof zum Berghaus zurück. Der Sohn steigt durch das schwarze Geflecht der Tannen, die das Haus umkränzen, biegt um eine braune Ecke des Hauses, stösst überrascht fast mit dem Vater zusammen, der nur eine knappe Begrüssung murmelt, «Morgen», um sofort hinter der nächsten braunen Ecke des Hauses zu verschwinden. Der Sohn geht ins Haus hinein um nachzusehen. Drinnen findet er die Mutter, die weint.

«Was ist geschehen?»

Die Mutter weint: «Die Söhne erzählten einen Thriller nach.» Sie schluchzt auf, wirft sich in die Arme des Sohnes, der grösser ist als sie, vergräbt den Kopf unter seiner Achsel und erzählt mit weinerlicher, von der Achsel des

Sohnes gedämpfter Stimme: «Die Söhne erzählten einen Thriller nach. Ich sagte, dass sie wohl eine Kriminalgeschichte nacherzählen dürften, dass aber ein Thriller für meine zärtliche Gefühlswelt unerträglich sei. Sie sagten, eine Kriminalgeschichte sei lächerlicher Kinderkram, und hörten aber nicht auf, den Thriller weiter nachzuerzählen. Da nahm ich, weil es mir unerträglich war, einen Strick, rang die Söhne nieder, band und verschnürte sie und schleifte sie verschnürt ums Haus herum in den Keller. Ums Haus herum war still. Aber dann hoben die Söhne im Keller an auszurufen, dass sie erwachsen seien und sich von mir nicht so behandeln liessen. Da füllte ich einen Kessel mit Wasser, schleifte ihn ums Haus herum, warf frisch das Wasser aus dem Kessel in die Schwärze des Kellers hinein. Die Söhne heulten. Ums Haus herum war still. Aber dann standen vor dem Haus in der Frische der Nacht die versammelten drei mit uns befreundeten Ehepaare und Eltern der Söhne und hoben an auszurufen, dass sie ihre Söhne nicht so von mir behandeln liessen und dass sie, wenn ich mich so benähme, nichts mehr mit mir zu tun haben wollten und auf Nimmerwiedersehen abreisten. Sie stiegen durch die verflochtenen schwarzen Tannen und verschwanden. Aber dann hoben die Söhne im Keller an auszurufen und ich warf frisches Wasser aus dem Kessel in den schwarzen Keller hinein. Die Söhne heulten. Ums Haus herum war still. Gegen Morgen befreite ich die Söhne dann vom Strick. Sie gaben mir böse Worte, sagten, dass sie nichts mehr mit mir zu tun haben wollten und auf Nimmerwiedersehen abreisten, und verschwanden durch die schwarzen Tannen.»

Die Mutter schluchzt: «Ich habe keine Freunde mehr.»
Der Sohn hält die Mutter in den Armen. «Aber du kannst

dir doch neue Freunde suchen.» «Nein, ich lasse niemanden mehr in unser Berghaus, der gleichgültig gegen mich ist oder mir etwas antun will. Ich beschütze dieses Berghaus wie eine eifersüchtige Mutter ihren eigenen Sohn. Ich lasse nie wieder jemanden herein.»

Die Mutter schluchzt.

Der Sohn hält die Mutter in den Armen, sucht nach guten Worten.

Ums Haus herum ist still.

SARAH

Ein Mann und eine Frau, die in einer Parterrewohnung eines Miethauses wohnen, wachen in der Nacht auf, weil etwas gegen die Fenster des Wohnzimmers poltert, vor denen aber immerhin die Jalousien heruntergelassen sind, so dass es aber nicht nur poltert, sondern auch scheppert.

Der Mann und die Frau wagen sich vom Schlafzimmer ins Wohnzimmer.

Da poltert und scheppert es wieder und zwar gegen die grossen Fenster zur Terrasse, vor denen aber immerhin die Jalousien heruntergelassen sind.

Der Mann und die Frau wagen sich zu den Fenstern vor.

Sie kurbeln ein klein wenig die Jalousien hoch, so dass sie auf Knien durch die Fenster hinaus auf die Terrasse spähen können, wo es aber sehr dunkel ist, warum sie nichts sehen können.

Dann der Mann: «Doch, ich kann doch etwas sehen, eine Silhouette.»

Die Frau: «Wo?»

Der Mann: «Da, eine Silhouette, reglos. Ich glaube, das Gesicht ist von langen Haaren verhangen.»

Die Frau: «Wo? Doch, ich sehe es, eine Silhouette, reglos verhangen.»

Da erschrecken der Mann und die Frau, weil die Silhouette von der Terrasse springt und dann in nicht ganz so dunkler Umgebung vor dem Miethaus wieder reglos verharrt.

Der Mann und die Frau kurbeln ein klein wenig die Jalousien hoch und spähen durch die Fenster hinaus.

Die Frau: «Ich glaube, es ist ein von langen Haaren verhangenes, nacktes Mädchen.» Der Mann: «Es ist Sarah, das Mädchen unserer Nachbarn, die zwei Häuser weiter in der Parterrewohnung wohnen.»

Das Mädchen draussen vor dem Miethaus macht eine hüpfende Bewegung des Ertapptseins und Erkanntseins, wirft die Haare aus dem Gesicht und springt nackt in Richtung der Parterrewohnung zwei Häuser weiter davon.

RUIN EINER GÄRTNEREI

In einer kurz vor dem Ruin stehenden Gärtnerei ist das einzige Gewächshaus, das noch steht, nur noch mit hauchdünnem Papier bespannt. In kalten Nächten wird es im Gewächshaus wirklich sehr kalt. Die letzten Arbeiter, die der Gärtnerei noch übrig geblieben sind, müssen immer wieder am hintersten Ende des Gewächshauses die Papierbespannung hochheben und über eine sehr starke blaue Gasflamme halten, die dort in kalten Nächten die ganze Nacht über brennend gehalten wird, so dass dann die über der starken blauen Flamme stark erhitzte Luft das hochgehaltene, hauchdünne Papier bläht und ins Gewächshaus strömt, um sich dort warm und lebendig auszubreiten und dem Gedeih der Pflanzen zu helfen.

Ein Arbeiter hat aber spezielle Freude daran, die hochgehaltene Papierbespannung sehr nahe an die blaue Flamme heranzubringen, so dass es einen Moment lang wirkt, als würde die blaue Flamme zu einer blauen Gaskugel zusammengestaucht, bevor er mit einer zwickenden Bewegung der Arme das Papier wieder von der Flamme wegschnellen lässt und dem Papier Raum gibt, um sich zu blähen, die erhitzte Luft aufzunehmen und ins Haus strömen zu lassen.

Eine solch spezielle Freude hat der Arbeiter an der zur blauen Kugel zusammengestauchten blauen Gasflamme, dass er es mit der nahe herangebrachten Papierbespannung übertreibt. Die Arbeiter können noch einen kurzen Moment lang eine ultrakompakte, ultrablaue Gaskugel bestaunen, bevor die Hitze der Gasflamme durch das Papier hindurchbricht, sich in Windeseile über die ganze

Papierbespannung des Gewächshauses ausbreitet, das gesamte hauchdünne Papier erfasst und in einer hellen, gelben, grossen, kurzen Flamme aufgehen lässt.

Die Arbeiter müssen mit schweren Blechgiesskannen herumrennen. Es hilft aber nichts. Die Gärtnerei ist ruiniert.

DER STÖRDOKTOR UND DER GERECHTESTE KEMPELZER

In der Kempelzer Weingegend gibt es einen Gutsherrn, der sein berühmtes Gut zu Recht das grünste unter den Weingütern der Gegend nennt und sich selber den gerechtesten unter den Gutsherren der Gegend. Er hält sich seine Arbeiter über die Zeit der Weinlese hinaus das ganze Jahr, wodurch es aber die meiste Zeit zu wenig Arbeit auf dem Gut gibt und die kurze Zeit der Weinlese zu viel Arbeit. Darum muss die ganze Zeit unter den Arbeitern eiserne Disziplin herrschen, um die Langeweile und dann das kurze Gehetze auf dem Gut während der Lese zu bewältigen.

Der Wein des grünsten unter den Gütern ist berühmt und nennt sich Kempelzer Roter Tropfen und schmeckt ausgegoren wie Blut und Rosen auf einmal.

Dass aber auf dem Gut des gerechtesten Kempelzers die ganze Zeit eiserne Disziplin herrscht, nervt und wurmt den einzigen Doktor, den es in der Gegend gibt, den Stördoktor, der mit Ross und Wagen von Gut zu Gut zieht und gegen ein schindludriges und verbrecherisches Entgelt Kranke und Verletzte mit Getränken behandelt, die er in seinem Wagen versorgt hält. Überall wird er stets sehnlichst erwartet, überall ist stets jemand krank oder verletzt, nur auf diesem einen berühmten Gut nicht. Da sind die Arbeiter diszipliniert und stets gesund und der Gutsherr ist überheblich. Wenn es dem Stördoktor hingegen gelänge, die Arbeiter auf dem berühmten Gut ein wenig von ihrer Disziplin abzubringen, so dass sie dem Trieb, der Lust und dem Laster verfielen, dann würden bestimmt auch auf diesem Gut die Arbeiter einmal erkranken und er würde auch auf diesem Gut sehnlichst erwartet und könnte mit seiner Heilkunst auffahren und auftrumpfen.

Darum versorgt der Stördoktor einmal nur den halben Wagen mit vielfältigen Getränken, den anderen halben belädt er mit nackten Menschen, die er, von Weingütern entlassen oder gar nie auf einem der Güter untergekommen, streunend und hungernd, in der Gegend findet, denen er leere Versprechungen macht und die er dazu bringt, sich nackt auszuziehen und nackt in seinen Wagen zu steigen. Er bohrt Gucklöcher in den Wagen, wodurch die nackten Menschen mit Haut und Haar zu sehen sind, und fährt vor auf dem berühmten Gut und erregt mit Ross und Wagen Aufsehen.

«Niemand krank?»

Die Arbeiter: «Niemand krank.»

Der Stördoktor schwingt sich vom Wagen, packt einen Arbeiter im Nacken, drückt dessen Gesicht an den Wagen, so dass der Arbeiter durchs Guckloch guckt.

«Und fühlst du nun die Säfte wallen?»

Und als der Doktor den Arbeiter am Nacken vom Wagen wegzieht, rinnen diesem Speichelfäden von den Mundwinkeln und Speichel tropft ihm vom Kinn. Die Arbeiter drängen sich um den Wagen, wollen sehen, was es zu gucken gibt, sehen durch die Gucklöcher nackte Menschen, spüren, wie ihnen Speichelfäden aus den Mündern rinnen, ringen aber innerlich die Gelüste nieder, wenden sich vom Wagen ab und wenden sich ihrem

Gutsherrn, dem gerechtesten Kempelzer, zu, der erscheint und ein streng dem Stördoktor gewidmetes, verdriessliches Gesicht schneidet. Der Stördoktor schwingt sich auf den Wagen, macht ein hochnäsiges und zickiges und verhärmtes Gesicht.

«Ich lasse von euch ab, aber ich habe gesehen, wie ihr an den Löchern gegeifert habt.»

Er hetzt das Ross und fährt mit holperndem Wagen davon, wobei im Inneren die Getränke rasseln und die nackten Menschen aneinanderpoltern.

Gerade zur Zeit der Weinlese werden aber die Arbeiter auf dem grünsten unter den Weingütern der Gegend auf einmal doch krank. Der gerechteste Kempelzer bereut, dass er dem Stördoktor so steif und strikt und abweisend begegnet ist. Wenn er den Stördoktor nun um Hilfe bittet, wird dieser sich bestimmt zänkisch und ungnädig zeigen. Wenn es ihm hingegen gelänge, sich vor dem Stördoktor ein wenig zu erniedrigen, ihm recht zu geben und sich selber unrecht, dann würde sich der Stördoktor bestimmt geschmeichelt fühlen und sich dazu hinreissen lassen, die erkrankten Arbeiter noch rechtzeitig zu heilen, so dass die Weinlese und der Kempelzer Rote Tropfen gelängen. Er reitet von Gut zu Gut, sucht den Stördoktor, findet ihn auch und setzt ein zerknirschtes Gesicht auf.

«Du hattest recht und ich hatte unrecht. Gelüste sind nicht zu beherrschen, eiserne Disziplin gibt es leider nicht. Meine ganzen Arbeiter sind auf das nächstgelegene Gut gezogen und haben alle Menschen und Tiere vergewaltigt, infolgedessen sie krank geworden sind.»

Der Störddoktor freut sich sichtlich.

«Reite schnellstens heim, ich komme dir mit Ross und Wagen zur Heilung nach.»

Der Doktor lässt sich aber Zeit, um seine Ankunft zu geniessen, und als er auf dem Weingut ankommt, sieht er von Weitem den Gutsherrn sehnlichst ihn erwarten, und als er mit Ross und Wagen heran ist, überreicht er von oben herab dem gerechtesten Kempelzer einen Besen, auf dem eine Plakette klebt.

«Der Störddoktor hat verdammt recht und der Gerechteste hat verdammt unrecht.»

Der Störddoktor springt vom Wagen. «Diesen Besen stellst du an deiner Gutstür auf, so dass die ganze Zeit die Plakette gut zu sehen ist. Und das ist mir aber dann Vergeltung und Befriedigung genug und schindludrige Freude, so dass ich deine Arbeiter umsonst mit Getränken versorge und heile.»

Rasch erfahren die Arbeiter Heilung. Der Störddoktor zieht ab.

Die Weinlese gelingt und der Ausgärung zum berühmten Kempelzer Roten Tropfen steht nichts mehr im Weg.

Ein Arbeiter erfährt aber auf Umwegen davon, dass sein Gutsherr dem Störddoktor erzählt hat, dass seine Arbeiter zur Disziplin unfähig seien und Schandtaten begangen hätten, infolge derer sie erkrankt seien. Dass sein Gutsherr seine Arbeiter so anschwärzt und Lügengeschichten über sie verbreitet, kann der Arbeiter nicht ertragen.

Niemals hat es sich gegeben, dass sie auf das nächstgelegene Gut gezogen wären und Angst und Schrecken verbreitet hätten. Der Arbeiter sucht den Stördoktor in der ganzen Gegend, findet ihn auch und erklärt ihm, dass die Arbeiter auf dem Gut seines Herrn wohl einmal um den Wagen des Doktors herumgegeifert hätten, als er ihnen die nackten Menschen gezeigt habe. Aber niemals seien sie von ihrer Disziplin abgebracht worden. Sie seien, obwohl sie sonst stets gesund seien, aus reinem Zufall gerade zur Zeit der Weinlese auf einmal doch erkrankt.

Der Stördoktor verspürt Wallung, speit dann Gift und Galle.

«Was? Dieser erbärmliche, hinterhältige Lügner von einem Gutsherrn hat mir niederträchtig geschmeichelt, um mich schleunigst zur Heilung auf sein Gut kriegen? Und ich habe vor lauter Befriedigung und Freude alle umsonst geheilt. Kein einziges Mal mehr werde ich auf diesem Gut erscheinen!»

Auf dem berühmten Kempelzer Weingut herrschen Disziplin und Gesundheit. Wenn es aber doch wieder einmal zu einer Erkrankung auf seinem Gut kommt, sucht der gerechteste Kempelzer nun vergebens nach dem Stördoktor, reitet herum, findet diesen nicht mehr wieder und muss, um in schweren Fällen der Ansteckungsgefahr auf dem Gut Herr zu werden, eine Hasenpistole kaufen und diese den ernstlich und gefährlich erkrankten Arbeitern in den Nacken setzen und sie abtun.

An der Gutstür des grünsten unter den Kempelzer Weingütern steht ein Besen, auf dem eine Plakette klebt. Der Stördoktor und der berühmte Kempelzer Gutsherr sehen sich aber kein einziges Mal mehr wieder.

DER BROOKLYN-ZUG

Die Mutter eines Schriftstellers am Telefon: «Die Bücher aller anderen Schriftsteller sind köstlich, reif und lecker. Deine Bücher sind dagegen entspannt, aber leer.»

Dass ihn seine eigene Mutter eigens anruft, um ihm das zu sagen, kränkt den Schriftsteller. Die Mutter erkundigt sich des Weiteren über allerlei Umstände. Der Schriftsteller hört nicht mehr richtig zu, er ist gekränkt. Als die Mutter den Anruf beendet, legt der Schriftsteller das Telefon beiseite. Er sitzt im Dunkeln.

Der Schriftsteller beschliesst, einen nächtlichen Ausflug zu machen. Er öffnet das Fenster. Alles ist schwarz. Er sieht von Weitem, zuerst flackernd, dann immer konstanter und näher, den Brooklyn-Zug herannahen. Der Zug leuchtet orangerot, aber nicht nur aus den Fenstern, sondern die ganzen Wagen, vom vordersten bis zum hintersten, scheinen aus ihrem Inneren orangerot in die Nacht hinauszuleuchten. Als sich der Zug auf seiner Höhe befindet, springt der Schriftsteller aus dem Fenster. Es gelingt ihm, fliegend dem leuchtenden Brooklyn-Zug zu folgen.

Brooklyn ist schwarz, die Strassen sind schwarz und ausgestorben, die Häuser sind schwarz, der Himmel ist schwarz, das weit verzweigte Gerüst aus Metall, über das der Zug dahingleitet, ist schwarz. Nur der Zug verbreitet eine warme und aufgeräumte Atmosphäre.

An Häusern, auf Stockwerken, an denen der Zug vorbeifährt, öffnen sich Fenster und Menschen lehnen sich aus den Fensteröffnungen weit hinaus, um etwas vom

Licht des Zuges abzubekommen. Wenn das Licht sie erfasst, verziehen sich ihre Gesichter zu staunenden Grimassen. Wenn der Zug vorübergefahren ist, ziehen sie sich zurück und schliessen die Fenster.

Es gibt Häuser, an denen sich Fenster öffnen, aus denen sich Menschen sogar noch weiter hinauslehnen als das Weitestmögliche. Sie stehen nurmehr mit den Schuhspitzen auf den Kanten der Fenstersimse und müssen in dieser gefährlichen Lage an den Fussgelenken festgehalten werden von weiteren Menschen in den Fensteröffnungen, aus denen sie hinauslehnen. Sie strecken einen Arm aus und halten jeweils eine weisse Kerze, die sie wiederum noch weiter hinausstrecken, auf dass sich die Kerzen am leuchtenden Zug entzünden mögen, was auch gelingt. Die Kerzen brennen, solange der Zug an den Menschen vorbeifährt. Danach erlöschen die Kerzen aber wieder in den Verwirbelungen der Luft, die auf den Zug folgen, in denen auch der Schriftsteller fliegend dem Zug folgt, der dahingleitet.

Der Zug hält an Haltestellen, die sich in seinem Licht erleuchten, und obwohl Brooklyn schwarz ist, entschliesst sich der Schriftsteller, an einer der Haltestellen zu verweilen und in der schwarzen Gegend nach einem Restaurant zu suchen. Er schaut dem Licht des entschwindenden Zuges hinterher. Dann steht er im Dunkeln.

Der Schriftsteller verlässt die Haltestelle, muss aber wirklich nur einige Minuten zu Fuss durch das nächtliche Brooklyn gehen, bevor er auch schon auf das dunkle Eingangsportal eines Restaurants aufmerksam wird. Als der Schriftsteller eintritt, herrscht helles Licht.

Ein Kellner in schwarzem Frack, schwarzem Hemd, mit schwarzer Glanzhaarpracht ereilt ihn in fliessender Bewegung.

«Was gibt es bei Ihnen?» «Traditionelle amerikanische Küche. Wir sind das traditionellste Restaurant Brooklyns, deshalb haben wir auch Licht.» «Aber Amerika gibt es doch noch gar nicht so lange, dass es hätte traditionell werden können.» «Ach, die Zeit reichte bestens, um ultrakonservativ zu werden. Sie werden schon sehen, Ihre Mutter hat per Telefon für Sie reserviert und bereits bestellt. Setzen Sie sich, es wird aufgetragen.»

Eine Kellnerin erscheint in volkstümlichen roten Wildlederstiefeln, darüber trägt sie einen blauen und roten Glockenrock und die kurzen Ärmel sind wiederum wie Glocken gebauscht. Die Bewegungsfreiheit verschaffenden Ärmel des Kostüms sind offensichtlich auch nötig, weil in ihnen starke, kugelartige Schultern arbeiten müssen. Die Kellnerin ist offensichtlich angewiesen, das Tablett mit der Schüssel vor sich her und dazu aber höher als ihr Kopf zu tragen. Sie stellt das Tablett auf den Tisch des Schriftstellers und legt erst hinterher Besteck neben die Schüssel auf das Tablett.

«Was ist das?»

Die Kellnerin hebt den Deckel.

«Ryan Hekler Dekler, ein traditionelles amerikanisches Gericht, der klassischste Eintopf Amerikas. Diesen verspeist man nur mit einem Löffel.»

Daraufhin entfernt sie das Besteck wieder von seinem Tablett und reicht dem Schriftsteller einen Löffel von den Ausmassen einer Kelle.

«Man schöpft mit dem Löffel, schleudert sich mit einer ruckhaften Bewegung sämtlichen Löffelinhalt entgegen und geht zuversichtlich davon aus, dass man das Allermeiste davon in den Hals kriegt. Deswegen ist es auch Tradition, dass sie diese ausladende Serviette erhalten, und sehen Sie, deswegen stehen die Tische in unserem erleuchteten Restaurant so weit voneinander entfernt.» «Nun gut, ich will mein Bestes versuchen.» «Tun Sie sich keinen Zwang an, hauen Sie rein!»

EIN MANN UND EINE GRUPPE VON KRISTALLKLÖTZEN

Ein Mann bewohnt ein fast schwarzes, speckiges Zimmer. Auch die Möbel sind fast schwarz und speckig beschaffen. Das Zimmer wirkt altertümlich, aber nicht ungemütlich. Irgendwo liegt eine gefaltete weinrote Häkeldecke. Von draussen naht ein Geräusch, das klingt wie klipp und klapp und pock und tock. Vor der Tür des Zimmers kommt das Geräusch zum Stillstand. Der Mann geht die paar Schritte durch sein Zimmer um nachzusehen, was es gibt. Er öffnet die fast schwarze Tür.

Herein kommen Kristallklötze. Es sind etwas in die Länge gezogene und etwas plattgedrückte Kristallklötze, die sich bewegen, indem sie auf eine ihrer Seiten fallen und sich dann wieder aufrichten, um auf einer anderen ihrer Seiten zu stehen zu kommen. Sie sind eine kleine Gruppe. Sie bewegen sich als Gruppe ins Zimmer herein, wobei das Geräusch entsteht, das wie klipp und klapp und pock und tock klingt.

Der Mann schliesst die Tür und betrachtet die Kristallklötze genauer. Er kann nun ausmachen, dass innerhalb der Klötze ein Wetter herrscht, und zwar ist es bewölkt, hellgrau. Es regnet nicht, es gibt keine Schatten, es ist einfach gleichmässiges, hellgrau bewölktes Wetter.

Der Mann: «Mir scheint, dass ihr zu mir wollt».

Die Kristallklötze: «Das ist richtig, wir haben uns nicht in der Tür geirrt.»

Der Mann: «Und was wollt ihr, braucht ihr Hilfe?»

Die Klötze: «Nein, wir sind der Himmel.»

Der Mann: «Ich habe mir aber immer gedacht, dass der Tod zum Beispiel kommt, wenn ein altes, dreimastiges Segelschiff auf scheinbar giftgrünem Wasser dümpelt und die Mannschaft des Segelschiffs das Grün wohl als Leuchten wahrnimmt, aber dabei nicht erkennt, dass sich das Segelschiff über dem riesigen Auge eines noch viel unermesslich riesigeren Tintenfischs aufhält, der aus der Tiefe aufgetaucht ist, um sich die Beute von Nahem zu besehen, und sich dann so verdreht, dass für die Mannschaft das grüne Leuchten wieder verschwindet, dafür aber das Wasser eine dunkle Färbung annimmt, ohne dass die Mannschaft merkt, dass nun der Schlund des Tintenfisches sich unter dem Schiff bereitmacht, wonach der Tintenfisch seine Arme in die Luft schleudert, um das Schiff herumgreift und es in seinen Schlund hineinsaugt, so dass alles grässlich zerfetzt und zerbricht und alle sterben.»

Die Klötze: «Wie der Tod kommt, wissen wir nicht. Wir hatten noch nicht die Gelegenheit, ihn von Angesicht zu Angesicht zu treffen, aber der Himmel kommt in Form von Kristallklötzen, in denen hellgraues Wetter herrscht, und diese Klötze sind wir.»

Der Mann: «Heisst das, dass ihr mich mitnehmt?»

Die Klötze: «Ja, du musst mitkommen. Wenn es Dinge gibt, die du gern mitnehmen möchtest, dann solltest du sie zusammensuchen, weil umkehren kannst du nachher nicht mehr.»

Der Mann: «Ich dachte mir aber immer, dass man nichts mitnehmen darf, wenn man stirbt.»

Die Klötze: «Wo denkst du hin, so wollen wir doch nicht sein, selbstverständlich darfst alles mitnehmen, was du möchtest.»

Der Mann: «Dann nehme ich diese weinrote Häkeldecke mit. Sie hat einen ganz besonders verzierten Rand, seht ihr? Überhaupt hat sie eine ganz besondere Machart. Und dann nehme ich vielleicht noch ein wenig Münzgeld mit.»

Die Klötze beschauen sich spürbar mit grosser Zuneigung die Häkeldecke, dann wenden sie sich wieder an den Mann. «Aber wozu willst du Geld mitnehmen? Im Himmel brauchst kein Geld. »

Der Mann: «Dann lasse ich das Geld hier.»

Die Klötze: «Willst du nicht auch noch Schuhe anziehen? Dann hast du Hosen, Hemd, Schuhe und eine Decke.»

Der Mann: «Doch, schwarze Schuhe ziehe ich an, aber sonst wüsste ich eigentlich nicht, was ich noch bräuchte. Wir könnten eigentlich gehen.»

Der Mann zieht schwarze Schuhe an, öffnet die Tür. Die Klötze bewegen sich. Einige aus der Gruppe verlassen das Zimmer vor dem Mann. Dann geht der Mann hinaus und einige verlassen das Zimmer nach ihm. Die Klötze fallen und stehen auf und zeigen blankes hellgraues Wetter, wobei durch ihre Bewegungen das Geräusch entsteht, das klingt wie klipp und klapp und pock und tock.

ES IST DER LETZTE SOMMERTAG
DIESES JAHRES

Es ist der letzte Sommertag dieses Jahres. Das Wetter ist tiefblau und tiefgolden. Und in den prächtigen grünen Wiesen steht ein vom Sommer wunderbar schwarzgebranntes, hölzernes Haus und darum herum stehen einige prächtige grüne Apfelbäume.

Aus dem Haus kommt eine Frau mit einem gefalteten weissen Tischtuch, um auf der grünen Wiese vor dem Haus einen schwarzgebrannten, hölzernen Tisch weiss einzudecken. Der Frau hinterher kommt ein Mann aus dem Haus, mit einem mit weissen Tellern und Schüsseln schwer beladenen, hölzernen Tablett.

Bald ist der Tisch gedeckt. Es gibt goldenes Brot und goldene Butter und goldenen Honig.

Über die Wiesen kommen eine Frau und ein Mann in der Vertrautheit eines Ehepaars und noch ein weiterer einzelner Mann dem schwarzgebrannten Haus im Grünen entgegen. Es sind die Gäste.

Bald sitzen alle um den schönen Tisch herum.

Schon steht die Gastgeberin aber wieder auf. «Ich kann euch gar nicht sagen, wie sehr ich mich freue, euch wieder einmal hier zu haben. Helft euch selber, nehmt was ihr mögt, es hat von allem genug. Gleich bringe ich auch noch goldenen Milchkaffee.» Der Gast, der einzeln gekommen ist: «Aber bitte, bleib sitzen, zuerst wollen wir doch zusammen ein Honigbrot essen, danach ist für Kaffee immer noch früh genug.» Alle stimmen ihm zu.

Die Gastgeberin setzt sich.

Alle nehmen Brot, Butter und Honig. Alle beissen in die dick bestrichenen, klebrigen, leckeren Brote.

Die Frau und der Mann, die gemeinsam zu Gast gekommen sind: «Mir schmeckt es unheimlich gut.» «Mir schmeckt es auch unheimlich gut.» Die Gastgeberin: «Das freut mich.»

Die Frau: «Da liegen Äpfel in der Wiese! Ich esse einen.» Die Gastgeberin: «Aber nein, nimm doch einen vom Baum, du brauchst doch bei uns nicht Äpfel vom Boden zu essen.» Die Frau: «Aber nicht doch, es schmeckt mir, ich liebe reife und überreife Äpfel.»

Die Frau sucht in der Wiese, bis sie einen Apfel gefunden hat, der ihr besonders gut gefällt. Sie kommt an den Tisch zurück, beisst in den Apfel. «Köstlich. Und schaut, wie prächtig die Wiesen sind! Ich reisse ein Büschel Gras aus und esse es.» Gesagt, getan – die Frau bückt sich, rupft ein Büschel aus und beisst hinein. «Köstlich.»

Die Gastgeberin lacht verlegen: «Aber nein, bist du dir sicher?»

Der Mann, der zusammen mit der Frau zu Gast ist: «Warum eigentlich nicht? Lass mich auch einmal probieren.» Der Mann rupft ein Büschel aus und beisst hinein. Ein Glanz überkommt sein Gesicht. «Mir schmeckt es wahnsinnig gut.»

Die Gastgeberin, nicht mehr verlegen, sondern ermuntert: «Lasst mich auch einmal probieren!» Sie reisst ein

Büschel aus, stopft sich alles in den Mund. Ihr Gesicht hellt sich auf.

Der Gastgeber: «Und ich breche mir einige Zweige von einem Apfelbaum und esse sie.» Er springt vom Tisch auf, hüpft zum nächsten Apfelbaum, bricht sich Zweige ab und beisst hinein. Das Vergnügen ist ihm anzusehen.

Die Gastgeberin: «Jetzt schabe ich mir mit diesem Messer ein Stück Rinde vom Baum, darauf streiche ich Butter und Honig und esse es.» Macht alles, wie sie es gesagt hat, legt dann ihren Teller auf das mit Butter und Honig dick bestrichene Stück Rinde und beisst in alles hinein. «Köstlich.»

Die Frau: «Ich will meinen Teller auch essen, und dazu esse ich diese Schüssel.»

Der Mann: «Und ich esse das Tischtuch.» Er reisst am Tischtuch, so dass alles, was noch darauf steht, in hohem Bogen in die Wiese fliegt, beisst in eine Ecke des Tischtuchs und stopft es sich gemütlich und genüsslich Stück für Stück in den Mund.

Der einzelne Gast macht ein verwundertes und doch arg befremdetes Gesicht. Er steht auf und bleibt einige Schritte von der Gruppe entfernt in der Wiese stehen. Er kann nicht anders, als auf das Treiben zu starren.

Der Mann: «Ich pflüge mit meinem Gesicht durch die Wiese, fresse Gras und Erde und Steinlein, dass es spritzt und knirscht.» Den Kopf tief vergraben kriecht der Mann durch die Wiese.

Die Frau mit einem Blick auf seinen Hintern: «Pass bloss auf, dass ich dir nicht in den Hintern beisse!» Der Mann springt erschrocken auf: «Spinnst du, du darfst mich nicht beissen, ich bin dein angetrauter Ehemann.» Die Frau: «Beruhige dich, das ist doch nur ein Witz. In Wirklichkeit gehe ich ins Haus, reisse einen schwarzen Balken unter dem Dach heraus, zerre ihn ans helle Licht und fresse ihn auf.»

Die Gastgeberin: «Und ich beschmiere meine Hände dick mit der Butter, die hier in der Wiese liegt, steige aufs Dach und fresse einige wunderbar schwarzgebrannte Ziegel, wobei ich dazu Butter von den Fingern lecke.»

Der Gastgeber: «Und ich springe ins Haus und fresse den Kaffeekocher mitsamt dem Kaffee und spüle alles mit einem Schluck Milch hinunter. Wenn ich mich richtig erinnere, haben wir sogar zwei Kaffeekocher. Wenn ich den ersten lecker finde, fresse ich den zweiten gleich auch noch.»

Der einzelne Gast: «Das darf doch nicht wahr sein.» Die Gastgeberin: «Nur keine falsche Bescheidenheit, jetzt sei unser Gast, tu dich gütlich.»

Als der einzelne Gast dem nunmehr haltlosen Blick der Gastgeberin begegnet, kann er sich nicht erwehren, einen Sprung rückwärts zu machen. Schnellsten Schrittes geht er durch die grünen Wiesen davon. In einigem Abstand beginnt er zu rennen. In Angst rennt er den Weg zurück, den er zuvor so friedfertig, zuversichtlich und freudvoll gegangen war. In der nahegelegenen Ortschaft, die glücklicherweise über einen Bahnhof verfügt, erwischt er gerade noch den nächsten Zug heimwärts.

Daheim schaltet er Radio, Fernseher und Computer ein, um zu sehen, ob das wüste Treiben bereits von jemand Vernünftigem entdeckt worden ist.

Und wirklich kommt in den Nachrichten, dass ein Jäger, der sich aufgemacht habe, um sich schon einmal einen Eindruck davon zu verschaffen, was es im Herbst dieses Jahres in der Umgebung alles abzuschiessen gebe, durch sein Fernglas die Beobachtung einer in den grünen Sommerwiesen bei einem schönen schwarzen Haus vollkommen wahnsinnig gewordenen Gruppe Menschen gemacht habe, dass der Jäger daraufhin sofort die Polizei verständigt habe, die, vor Ort eingetroffen, mit dem Jäger übereingekommen sei, dass es keine einfache Rettung mehr gebe und dann die wildgewordene Gruppe unter Beihilfe des erfahrenen und couragierten Jägers aus sicherer Entfernung erschossen habe.

DIE TORTE

Es läutet. Der Mann muss sich rasch etwas mehr Kleidung überwerfen, um sie empfangen zu können. Gesagt, getan, stürmt der Mann die Treppe hinab. Draussen stehen wirklich seine Cousine und seine Tante. Seine Cousine in einem mittelblauen, sehr geraden Oberhemd, seine Tante in zurückhaltenderer Farbe.

Der Mann umarmt beide. Noch während er seine Cousine umarmt, raunt sie ihm zu: «Es ist nicht, dass wir die Torte vergessen hätten, sie ist vielleicht grösser, als du sie dir vorstellst.» Beide deuten über den Parkplatz zum Wagen.

Der Rasen ist überall übergrün, fast wie wenn sich darin Elektrizität abspielen würde.

«Wir müssen sie holen, aber wir wollten uns zuerst vergewissern, dass du die Tür aufmachst.»

Und der Mann weiss, dass es sich bei der Torte um eine Schokoladentorte handelt. Seine Tante würde es ihm nicht antun, etwas mit Früchten mitzubringen.

FRAUEN KLAUEN

Drei junge Frauen schaufelten die Ortschaft Dulatens komplett zu, worauf dann auf dem gesamten zugeschaufelten Gebiet der neue Ort Laville errichtet wurde. Die drei Frauen wurden daraufhin von Kriminellen gejagt und gefangen genommen. Sie wurden von diesen verhauen und unter Drogen gesetzt, worauf sie wiederum abhängig wurden von beidem.

Nun, da eine libertäre Gruppe den Kriminellen die Frauen gestohlen hat und sich auf der Flucht befindet, wird einem Mann aus der Gruppe deutlich, dass unter den Frauen eine Art Wettstreit ausgebrochen sein muss, wer am meisten und wer am bösesten verhauen wurde und Drogen abbekam.

Die Frau, um die sich der Mann besonders kümmern muss, gibt sich zumindest nicht besonders Mühe, zur Flucht beizutragen. Nicht dass sie sich verweigern würde, aber sie zeigt eine Laune, sich schleppend und schleifend zu verhalten. Klein ist sie nicht, aber sehr dünn und leicht. Haare hat sie robust und gequirlt wie Stahlwolle, nur golden. Sie trägt eine enorm enge dunkelgrüne Turnhose.

Der Mann muss die Frau tragen. Von hinten fasst er sie mit beiden Armen um die Taille und hebt sie hoch, rückt sie aber dann an seine Seite, so dass er sie mit einem Arm umfassen und halten und dabei dennoch leichter vorankommen kann, da sie ihn auf diese Weise nicht daran hindert, grosse Schritte zu nehmen.

Die Gruppe muss nun im Innersten eines Parkhauses in einem Treppenhaus einige Stockwerke an Höhe gewinnen, darauf hurtig einer Balustrade entlanglaufen, welche an Tagen, an denen weniger Taten gefordert sind, durchaus einige Aussicht über die Stadt gewährt, um dann auf der anderen Seite wieder über Treppen an Höhe zu verlieren, sich aus dem Parkhaus hinauszusputen und insgesamt davonzukommen.

Dass die junge Frau, die der Mann unter dem Arm trägt, nicht richtig gerettet werden will und stattdessen keinen Hehl daraus macht, dass sie lieber den Fantasien der an ihr begangenen Gewalttaten nachhängt, gibt dem Mann zu denken, auch wenn er sich der libertären Gruppe, die die Frauen geklaut hat, sehr verpflichtet fühlt.

QUALM

Ein Mann tritt durch ein Pförtlein, muss sich leicht zusammenkrümmen um hindurchzukommen. Hindurchgekommen, gelangt er in einen Tunnel. Die Unendlichkeit eines Tunnels, denkt der Mann noch bei sich, schon schlägt ihm aus dem Tunnel beissender Rauch ins Gesicht und er trifft auf einen anderen Mann, der verschiedenste Stecken unter dem Arm trägt und sich anschickt, allem voran einen jungen Zweig noch biegsam in den Qualm zu werfen.

«Halten Sie ein! In einer solchen Situation ist doch geboten einzuhalten und gewissermassen die Kohlen aus dem Feuer zu holen.»

Einige Flämmlein züngeln, im Grossen und Ganzen herrscht aber unerträglicher Rauch.

«Nein, ich will nicht! Ich will nicht mehr! Ich kann nicht! Ich mag nicht! Ich werfe hinein, was ich nur irgend zusammenkratzen kann. Soll es verflucht noch einmal dampfen, rauchen! Widerwärtig.»

Der andere Mann entledigt sich des jungen Zweiges, und dem Qualm entspringt nur noch mehr Qualm.

«Beim besten Willen, hören Sie doch auf, das macht doch keinen Sinn!» «Ich höre nicht! Ich höre nicht! Ich verstreue das ganze Bündel, es ist sinnlos! Da, sehen Sie, wie schweinisch es raucht, erstickend, entsetzlich. Ich hole mehr Brennmaterial und verschmutze den Tunnel. Schmutz und Staub.» «Ich gebiete Ihnen Einhalt!»

Der andere Mann hört keineswegs und sucht tastend im Rauch nach Material.

«Mein sehnlichster Wunsch wäre, Sie sprängen mit mir durch das Pförtlein hinaus, worauf es hinter uns ins Schloss schlüge. Draussen in Sicherheit könnten wir uns in Decken eingewickelt hinsetzen und uns gegenseitig darin bestätigen, dass wir gerade etwas sehr Schlimmes erlebt hätten und durchgemacht im übermütigen Bewusstsein, dass wir aber gerade noch rechtzeitig entkommen wären und es geschafft hätten. Wenn Sie sich aber nicht erweichen und hinreissen lassen wollen, muss ich wohl oder übel allein wieder hinausspringen. Ich will hier nicht umkommen.»

DER DEMONSTRATIONSZUG UNTER DEM BEFEHL UNSERER MUTTER

Wir nennen sie unsere Mutter. Sie ist natürlich nicht wirklich unsere Mutter, wir nennen sie nur unsere Mutter, weil sie uns befehlen darf, von welcher Befugnis sie regen Gebrauch macht.

Wir stehen an der Strasse. «Jetzt dürft ihr nicht gehen.» Die Strasse ist ausschliesslich von Lastwagen befahren, rasend schnelle, farbenfrohe und einschlägig beschriftete Klötze.

Dann kehrt zur Abwechslung doch ein Moment der Ruhe ein. «Jetzt dürft ihr gehen, überquert die Strasse.» Wir rennen als ganze Gesellschaft hinüber auf die andere Seite, wobei auf dem Asphalt unser Laufschritt zu hören ist und über uns das Geklapper unseres Schilderwaldes, den wir tragen.

Auf der anderen Seite besammeln wir uns und marschieren dann unter der Befehlsgewalt unserer Mutter der Strasse entlang, die eine einzige Gerade in die Ferne darstellt. An unserer Seite dröhnt die Kolonne der schnellen, farbenfrohen Klötze.

Wir strecken verbissen unsere Schilder in den Himmel und wedeln damit unter der sengenden Sonne, wodurch wir wenigstens vorübergehend immer wieder einmal in die Schatten unserer Schilder geraten. Ich befürchte ein wenig, dass die Schilder in der Gluthitze schmelzen. Wir tragen kaum etwas, wir haben fast keine Kleider an, wir sind eine ansehnliche Menge und gehen der Strasse entlang. Wir könnten ein Umzug sein, aber dafür sind wir zu aufgebracht, zu aggressiv. Wir wollen etwas. Wir sind kein Umzug, wir sind ein Demonstrationszug. Unsere Schilder sind deutlich beschriftet.

Es bleibt heiss. Wir gehen der Strasse entlang.

Später aber dürfen wir losrennen und eine Lagerhalle entern. Einmal im Inneren angekommen, stellt sich uns der einzige und alleinige Gegendemonstrant entgegen. Ein Hüne, der sich zusammensetzt aus blanker, gespannter Haut, Schweinsäuglein, Kartoffelnase und ständig offenem, rundem, bräunlich glänzendem Zwiebelmund. «Ich bin ein Wikinger. Ich werde euch kochen, ihr Kutteln!» Er gibt boshafte Laute von sich und schmatzt. Bösartig rudert er mit den gespannten Armen, die aber so ungeheuer stark sind, dass sie ihn aus dem Gleichgewicht zu bringen drohen, welche Gelegenheit wir auf Befehl unserer Mutter fantastisch ausnützen, indem wir unsere Schilder von ihren Tragestecken trennen und diese meinungsvollen Schilder ihm über den unbedeckten Schädel hauen, woran sie zerbrechen. Der Hüne nimmt keinen Schaden dabei. Unsere Schilder sind nur Wachstafeln, einfache Wachstafeln, aber der Gegendemonstrant wird durch unsere Aktion eindeutig gedemütigt. Er beginnt zu heulen. Er heult und sucht nach jemandem unter uns, an den er sich wenden kann. Unsere Mutter tritt genau richtig aus der Menge hervor, sie streicht ihm über die blanke Stirn, worunter er aus vollstem Gesicht hervorweint und heult. Unsere Mutter streichelt ihn und es ist nicht mehr lange hin, bis er sich unserer Seite anschliesst.

Zusammen mit dem Hünen haben wir nun leichtes Spiel. Wir reissen gemeinsam nach dem Willen unserer

Mutter die Lagerhalle ein, wir reissen die Halle auseinander und stauchen sie zusammen und falten sie zusammen. Wir tun das einzig Richtige und agieren vernünftig. Manchmal muss eben etwas kaputtgehen, damit etwas Neues entstehen kann. Nur schlägt uns nach dem Vollzug unseres Anliegens wieder die schier unerträgliche Hitze entgegen.

Wir stehen fast ohne Kleider in der heissen Sonne an der Strasse, auf der unnachgiebig und erbarmungslos hordenweise Lastwagen geradeausdröhnen. Nicht einmal mehr die Wachsschilder haben wir, mit denen wir gegen die Glut wedeln und fächeln könnten.

RADON NIMMT HUNDE UND PENELOPE DREHT DIE MUSIK AUF

Radon ist an einem Ort, an dem es Hunde gibt, und zeigt auf zwei. «Ja, ich nehme diese beiden.»

Später ist Radon wieder daheim und Penelope dreht in ihrer gemeinsamen Wohnung die Musik auf. Radon muss die Hunde aus dem Badezimmer holen, wo er sich dachte, dass sie vorerst einmal gut verstaut wären. Aber solchen Lärm mögen Hunde nicht. Penelopes Musik ist weder schön noch überhaupt musikalisch – sie lebt bloss von der Lautstärke.

Radon holt die beiden Hunde aus dem Bad und zieht sich mit ihnen auf den Teppichboden des separaten Wohnzimmers zurück. Der eine Hund ist gar nicht einmal so klein, ist aber eine Fellwolke, die überhaupt keine Figur macht. Der andere ist dafür echt gar zu klein, hat aber eine ersichtliche, präzise Statur.

Nachdem Radon herausfindet, wo sich beim grösseren Hund Ober-, Unter-, Vorder- und Rückseite befinden, knetet er ihm das Fell. Dabei spürt er unweigerlich, dass auch dieser grössere Hund unter dem wolkenhaften Fell über einen zum Laufen und Springen durchwegs tüchtigen Körperbau verfügt. Ebenso denkt er dabei aber daran, dass Hunde besser nicht zu fürsorglich geknetet werden sollten, weil sie sonst nur umso treuer werden und sich nie wieder loskriegen lassen. Deswegen streichelt er den kleineren Hund dann überhaupt nicht, fühlt sich aber schlecht dabei. Er würde ja gern Penelope dazu befragen, aber die spielt ein Lärmerzeugnis ums andere ab und ist in ihrer eigenen Welt.

GRASSUPPE

Diesen Herbst ist das Gras wieder einmal so knautschgrün, dass wir uns unbedingt zwei grosse Teller Suppe davon machen müssen.

Die zum Bersten prallen Halme quietschen, als wir mit der Sichel durch das Gras fahren, um uns zwei grosse Portionen zu fällen.

Gross gekocht braucht nicht zu werden.

Nach kurzer Zeit sitzen wir hinter unseren randvollen Tellern. Wir geben natürlich ordentlich Reibkäse bei. Einerseits, um die Grassuppe nahrhaft zu machen, andererseits, um den Geschmack auf ein geniessbares Mass abzudämpfen, da wir sonst um die dauerhafte Verzerrung unserer Gesichter fürchten müssten.

AUF DEM TROTTOIR

Ein Künstler sitzt in einem Korbsessel auf dem Trottoir. Er trägt eine stahlblaue Hose, auch eine stahlblaue Jacke. Ihm ist es einerlei, er hat ganz einfach keine Lust. Also sitzt der Künstler im Korbsessel, trinkt Eistee und er hat Koteletts bestellt, die aber bis jetzt nicht gekommen sind.

Der Künstler hat Aussicht auf einen weitläufigen Platz. Auf dem Trottoir ziehen Passanten vorbei. Es dünkt den Künstler, dass es sich bei allen Vorbeiziehenden um ignorante Personen handelt. Er trinkt Eistee und macht mit dem freien Arm in Richtung des Trottoirs den Ellbogen steif, so dass sich Passanten, die nicht achtgeben, am vorstehenden Ellbogen stossen.

Vor dem Künstler bleibt ein Mann stehen. Schwarze Schuhe, graue Hose, hellgrauer Frack, weisses Hemd. Er beugt sich zum Künstler hinab und hält ihm etwas ins Gesicht – einen feinen Zweig, der sich zweimal gabelt, eine gewisse Länge hat und den der Mann auf einen einzelnen Finger seiner Hand, die in einem schwarzen Lederhandschuh steckt, gelegt, zu balancieren vermag. «Ich bin auch Künstler. Dies ist, fand ich kürzlich heraus, meine ästhetische Form, auf einmal stand es mir deutlich vor Augen. Alle meine zukünftigen Kunstwerke werden auf diese Form referieren: zwei perfekte Gabelungen eines Zweiges. Die Welt wird Kopf stehen.» «Ich habe keine Lust.» «Das ist nicht mein Problem, das ist dein Problem.» Mit einer zackigen Geste, die wie ein Zwicken wirkt, steckt der Mann den Zweig weg und entfernt sich als üblicher Passant.

Zwei Passanten sind in hörbarem Gespräch unterwegs. «Ich weiss, mein lieber Roger, dass du grosse Stücke auf ihn hältst, aber für mich ist eindeutig, dass er keine Steckenpferde zeichnen kann.» «Ich bestreite gar nicht, mein lieber René, dass er nicht zeichnen kann, ich gebe dir vollkommen recht. Er kann nicht zeichnen, aber die Infrastrukturzeichnungen von ihm sind einmalig.» «Wenn ich mir ansehe, was er sonst so zeichnet, wage ich es zu bezweifeln, mein lieber Roger.» «Wenn ich nur seine übrigen Zeichnungen gesehen hätte, mein lieber René, befände es sich ausserhalb meiner Vorstellungskraft, dass er etwas kann. Aber nun, da ich seine Infrastrukturzeichnungen kenne, muss ich eingestehen: Ein solches Talent in puncto Infrastruktur ist mir noch nicht untergekommen.» «Diesfalls denke ich, mein lieber Roger, wäre es das Beste, du würdest mir die Zeichnungen gern einmal unterbreiten, solltest du ihrer habhaft werden.» «Von Herzen gern werde ich darauf zurückkommen, mein lieber René.» Da aber entschwinden die Passanten samt ihrem fortschreitenden Gespräch.

Drüben am Kiosk kauft sich ein Mann, dessen vorgerücktes Alter ihm hemmungslose Rücksichtslosigkeit zugesteht, die grossformatigste und dickste Zeitung. Nicht aber um darin zu lesen, sondern um sie, so eng er es kann, einzurollen. Daraufhin bezieht er Posten auf dem Trottoir. Und fällt es einem Passanten ein, in seine Reichweite zu kommen, wird ihm mit der gerollten Zeitung eins übergezogen. «Da hast du, du dreckiger Lump! Ich werde dich lehren, einen alten Mann zu bedrängen.» So teilt der alte Mann Schläge aus, wodurch er Farbe im Gesicht gewinnt und viel lebendiger wirkt als zuvor, als er sich mit dem Rollen der Zeitung abmühte.

Ein Passant geht noch unbehelligt vorbei.

Dann bleibt das Trottoir bis auf den Künstler im Korbsessel und den alten Mann auf Posten leer. Auch der Platz scheint leergefegt.

Auf dem Trottoir kommen zwei leicht überdimensionale Katzen vorbei, eine schwarze und eine gefleckte. Es wirkt wie Arm in Arm, aber das geht nicht bei Vierbeinern. Die Katzen bewegen sich auf ihre eigene Weise ineinander verschlungen, aufeinander bezogen.

Als die Katzen vorbeigegangen sind, hat der Künstler die Idee, ihnen die Koteletts nachzuwerfen, die inzwischen doch gekommen sind. Die Katzen machen sich raubtierhaft darüber her.

Auf dem Platz tauchen wieder Leute auf. Auch das Trottoir bevölkert sich wieder mit Passanten.

Der alte Mann mit der Zeitung kommt voll auf seine Kosten. Es gelingt ihm, Dutzenden von Passanten eins überzubraten, und er kommt aus dem Schimpfen gar nicht mehr heraus. Der Vorfall mit den Katzen dient ihm als prächtigen Vorwand. «Schaut euch den Mann da drüben an, den im Korbsessel, der Eistee trinkt, der den Ellbogen steifhält, der hat noch Anstand. Das ist noch ein Kerl, niemand von euch Schweinehunden würde auf die Idee kommen, den Katzen Koteletts nachzuwerfen. Ihr seid ein Pack von Schweinehunden! Ich gebe es euch mit der Zeitung von heute.»

So mancher Passant kriegt etwas ab, manchen gelingt es aber auch, unbescholten die Szene zu passieren.

DIE REKRUTEN UND DER RÄUBERHÄUPTLING

Drei tüchtig angetrunkene Jugendliche singen einigermassen ergötzt vom nächtlichen Widerhall der Gassen ausschnittweise aktuelle Lieder, sobald und soweit ihnen welche einfallen.

Da begegnet ihnen ein Mann, an dessen Hut, der ansonsten nicht unmodern wirkt, eine schwülstige, protzige Feder steckt. «Schaut, was ich euch mitgebracht habe!» Er überreicht jedem der Jugendlichen eine Schuhschachtel. Verdutzt öffnen die Jugendlichen die Schachteln und entnehmen ihnen je ein paar neue glänzende Räuberstiefel. Aus Jux probieren sie die Stiefel an, staksen ungelenk darin herum. Einer zeigt auf den zweiten: «Du siehst aus, als kämst du aus dem Tanzkurs.» Der zweite: «Und du siehst aus wie deine Mutter.» Der dritte lacht und versucht die Flasche ausfindig zu machen, die er gerade eben sachte beiseitegestellt hat, um die Stiefel anzuziehen, und die doch überhaupt noch nicht leer war. Aber unterdessen sind sie bereits ein ganzes Stück weiter die Gasse entlanggegangen. Der Mann mit der Feder bugsiert sie vor sich her.

«He, du Chauvinist, denkst du, du kannst uns herumdirigieren!» «Vorwärts Rekruten, wer Stiefel trägt, befindet sich im Gefecht.»

In den Jugendlichen regt sich Widerstand, aber sie fühlen sich zu angetrunken, um ernstlich gegen den Mann vorzugehen.

Am Anfang einer bestimmten Gasse bleiben alle vier stehen. Der Mann zeigt mit ausgestrecktem Arm in die

Gasse hinein. «So, da hinten steht mein Haus. Ich habe den lieben langen Nachmittag eigens damit zugebracht, den Boden dieser Gasse auf der ganzen Breite von hier bis zu meinem Haus feinsäuberlich mit Seife einzuschmieren. Zusammen mit der Feuchtigkeit der Nacht ergibt sich daraus eine unberechenbare Rutschpartie. Eure Stiefel haben neue aalglatte Ledersohlen und der einzige, der sich Leim an seine Sohlen gestrichen hat, bin ich, und jetzt versucht einmal von hier bis zu meinem Haus zu kommen.»

Der erste Jugendliche: «Meine Stiefel sind steinhart und ich will gar nicht bis zu deinem Haus kommen!» Der Mann breitet die Arme aus und haut dem Jugendlichen von beiden Seiten die Handflächen ans Gesicht und presst es zusammen. «Ich kann dich ganz schlecht verstehen, was hast du gesagt?» Der Jugendliche versucht mit grossen Augen und von den Seiten her zusammengepresstem, dümmlichem Fischmund sich verlauten zu lassen, aber es entstehen nur komische Geräusche. Der zweite Jugendliche: «Meine Stiefel sind zu gross!» Der dritte Jugendliche: «Meine Stiefel sind zu klein!» «Jetzt hört auf zu jammern, Rekruten, jetzt wird Parade abgehalten, marsch!»

Die Jugendlichen straucheln und schlittern in die Gasse hinein. Einmal befinden sie sich an den Hauswänden, dann plötzlich wieder in der Mitte der Gasse, sie kreiseln, rutschen und gleiten. Inmitten des Treibens stapft der Mann in seinen mit Leim bestrichenen Stiefeln unbeirrt seinem Haus entgegen. «Prima, so werden echte Räuber aus den hundsgewöhnlichsten Jugendlichen.»

Der erste Jugendliche ruft im Vorbeischlittern: «Meine Stiefel sind steinhart und ich will gar nicht in einer Räuberbande mitmachen!» «Was willst du denn, du Fischgesicht, willst du lieber heim?» Der Jugendliche befindet sich vorübergehend wieder an einer Hauswand. «Ja, Herr Kapitän, ich will eigentlich viel lieber heimgehen.» «Nenn mich bloss nicht Kapitän, ich bin ein Räuberhäuptling, ich werde dir Beine machen!» Der Mann versucht den Jugendlichen zu erhaschen, aber dafür gleitet dieser entschieden zu schnell über die eingeseifte Gasse.

Ausser Atem stehen irgendwann dann doch alle vier versammelt vor dem Haus des Räuberhäuptlings. Die drei Jugendlichen keuchen wegen der Schlitterpartie. Der Häuptling keucht, weil er versucht hat, ihnen nachzujagen, ihn die Leimstiefel aber verlangsamten. Der Häuptling zieht den Hausschlüssel aus der Manteltasche. «So, da sind wir. Einer für alle und alle für einen.»

Der zweite Jugendliche: «Aber meine Stiefel sind zu gross.» Der dritte: «Und meine sind zu klein. Können wir sie nicht wenigstens tauschen, vielleicht passen mir die, die ihm zu gross sind, besser.» Der Räuberhäuptling legt seinen Fuss wie einen Haken um die Ferse des dritten Jugendlichen und zieht diesem die Ferse unter dem Körper weg, wodurch der Jugendliche wieder ins Straucheln gerät und hinfällt. Sodann packt der Mann den Jugendlichen am Kragen und stellt ihn daran zerrend wieder auf die Beine. «Aber pass doch auf, du zerreisst mir das Hemd!» «Was kümmert mich dein Hemd, du Muttersöhnlein? Auf die Stiefel eines Mannes kommt es an, hier wird nichts getauscht, hat dir deine Mama nicht beigebracht, was ein Geschenk ist?» «Doch, aber die Geschenke, die ich von meiner Mutter erhalte, sind immer gut, und diese blöden Stiefel sind zu klein.» «Nichts da, die Stiefel werden sich mit der Zeit schon verbessern.» Der Mann schliesst die Haustür auf.

«Mir nach, Rekruten, ich freue mich schon wie ein Kind! Morgen vollführen wir den ersten Raubzug, morgen werden Gesetze gebrochen, das gibt ein Tauziehen zwischen uns und den normalen Menschen.» «Aber wir sind normale Jugendliche.» «Davon will ich nichts hören. Wenn ihr noch einmal etwas Vergleichbares sagt, mache ich euch Fischgesichter.»

Im Haus öffnet der Häuptling stolz, eine nach der anderen, drei Zimmertüren. «So, Mannschaft, nun wird ins Bett gelegen und den Rausch ausgeschlafen und schön geträumt und morgen stellen wir ein ausgefuchstes Schelmenstück an! Gute Nacht.» Der Räuberhäuptling stampft martialischen Schrittes die Treppe hinauf, am Hut zittert übermütig die Feder. Die Jugendlichen verschwinden in den Zimmern.

In den vorzüglichen blütenweissen Betten liegend schmieden die Jugendlichen je für sich die fantastischsten Fluchtpläne: über die Dachfirste fliegend, in den Keller des Räuberhauses schleichend und von da durch die Kanalisation kriechend, bis zur Unkenntlichkeit verkleidet, den Räuberhäuptling täuschend und übertölpelnd, abhauend.

Und während die Rekruten halb denkend, halb schlummernd in ihren Betten liegen, schläft der Räuberhäuptling in seinem Bett den Schlaf des Gerechten.

HERBERT UND MEFISTO AN
DEN KLARINETTEN

Der ganze Häuserblock weiss, dass die zwei Jungs ab morgen jede Woche einmal im Fernsehen auftreten werden. Herbert und Mefisto werden Klarinette spielen und den einen oder anderen Witz erzählen. Die Mädchen des Häuserblocks sind auf den Balkonen der ersten Stockwerke zusammengekommen. Sie winken und werfen Kusshände in den Hof hinab. Sie haben ausnahmslos Sommerferien und darum gerade nichts Besseres zu tun. Den zwei Jungs im Hof ist es nicht ganz wohl bei der Sache. Sie winken ein wenig verschämt zurück. Es ist ihnen durchaus bewusst, dass so ein Fernsehauftritt geübt werden will.

Die Jungs verschwinden mit ihren Klarinettenkästen vom Hof her in einem Haus, laufen die Treppen hoch, auf halber Treppe kommt ihnen ein Bewohner des Hauses entgegen, der in herrischem Ton mit ihnen spricht.

«Wo können wir Klarinette üben?» «Während der Sommerferien üben die Klarinetten im allerobersten Geschoss.»

Das ist den Jungs zu weit und sie laufen stattdessen die Treppen wieder hinab. Unten sehen sie, dass im Saal des Parterres des Hauses in den brünstigsten Weiss- und Eierschalenfarbtönen eine Hochzeit vorbereitet wird. Die Jungs überlegen sich, ob sie nicht vielleicht da ein wenig üben dürften. Vorsichtig und unaufdringlich betreten sie den Saal. Wie auf Kommando halten die Leute, die die Hochzeit vorbereiten, inne, wenden sich nach ihnen um und machen lange Hälse.

«Seid ihr nicht die Jungs mit den Klarinetten, die im Fernsehen auftreten werden?» «Doch, ich bin Herbert an der Bassklarinette.» «Und ich bin Mefisto an der Superiorklarinette.» «Ihr seid bestimmt lustige Vögel, das Fernsehen wird bestimmt toll für euch, aber fragt uns bloss nicht, ob ihr hier im Saal Musik machen dürft. Im Zusammenhang mit unserer Hochzeit wird hier ganz bestimmt nicht musiziert.»

Die Jungs verlassen also das Haus und erscheinen wieder im Hof. Von einem Balkon eines ersten Stockwerks winkt ihnen ein Mädchen wilder als die übrigen zu. Das Mädchen zeigt auf sein feinziseliertes Rennrad aus Silberdraht, das es im Hof hat stehen lassen und zeigt auch auf eine Kellertreppe. Die Jungs klemmen ihre Klarinettenkästen unter die Arme, tragen das Rennrad behutsam über den Hof und die Kellertreppe hinab.

Der Keller erweist sich als ganz schön geräumig, ausserdem ist er nur halbhoch ins Erdreich eingelassen. Auf halber Höhe bis zur Decke gibt es abgerundete Fenster. Die Fenster sind zwar schmutzig, aber umso mehr fällt in einer Art Goldfärbung angenehmstes Licht in den Keller. Herbert und Mefisto suchen einen guten Abstellplatz für das Rennrad und sind dem Mädchen dankbar, dass es ihnen vermittels seines Rades einen so übertollen Übungsraum zugewiesen und verschafft hat.

EIN WISSENSCHAFTLICHES EXPERIMENT

Ein Professor in einem engen schwarzen Samtoverall befindet sich auf einem in bläuliches Tageslicht getauchten Parkdeck. Der Professor ist barfuss, der Rücken des Overalls, der mit einem Reissverschluss versehen ist, steht noch offen. Der Professor hat seine Tochter mitgebracht.

«Kannst du lesen, was dort drüben geschrieben steht, mein süsser Zuckerwürfel?» Die Tochter blickt mit scharfen Augen nach der Schrift über dem Durchgang vom Parkdeck zum vergitterten Treppenschacht und liest vor: «Dies ist die Panik, von der man springt, wenn man springen will.» «Gut, sehr gut gemacht, aber nicht Panik, sondern Parkdeck. Panik ist etwas anderes. Dort steht: Dies ist das Parkdeck, von dem man springt, wenn man springen will.»

Der Professor befestigt nun geflissentlich schwarze Samtballetschuhe an den Füssen und zurrt die schwarzen Samtbänder der Balletschuhe fest. «Eines musst du mir versprechen: Später musst du auch so ein leidenschaftlicher Held der Wissenschaft wie ich werden. In dreissig Jahren komme ich dann alt und ergraut, um deinem Experiment zu assistieren.» Die Tochter setzt energisch das Gesicht eines zum äussersten entschlossenen Rabauken auf und verdeutlicht somit, dass man ihr dies nicht zweimal zu sagen braucht. «Ich verspreche es.»

Der Professor dreht sich von der Tochter weg. «So, jetzt kannst du zumachen.» Die Tochter, die dem Professor nur knapp über dessen halbe Körpergrösse hinausreicht, schiebt den Reissverschluss am Rücken des Professors hoch, macht einen langen Arm, steht auf die Zehenspitzen, zerrt mit der einen Hand den schwarzen Samtstoff am Rücken des Professors ein wenig nach unten, damit sie mit der anderen Hand ihm den Reissverschluss ganz nach oben in den Nacken schieben kann. «Fertig.» «Bravo, mein Zuckerwürfel.»

Da bringt der Professor wie von Zauberhand eine Tafel Schokolade zum Vorschein. Er klaubt sie auf und bricht zwei Stücke ab. Ein Stück steckt er sich selber in den Mund, das andere schiebt er der Tochter zwischen die Zähne. «Ein leckeres Stück Schokolade vor dem Sprung. Wenn ich gesprungen bin, nimmst du dir noch ein Stück Schokolade und rennst dann die 77 Stockwerke hinab. Wir warten dann unten auf dich. Ich lege die Tafel hier auf den Boden. Abgemacht?» «Abgemacht.»

Die Tochter macht nun einige wenige Sprünge zur Brüstung des Parkdecks hin, schwingt sich beherzt hinauf und beugt sich, um gut hinabsehen zu können, so weit vor, dass sie beinahe hinabstürzt. Der Professor tippelt ihr in den Samtballetschuhen hinterher, schwingt sich dann ebenso auf die Brüstung, ruft im Brustton der Überzeugung hinab. «Verehrter Kollege, ich bin so weit, wir können das Experiment laufen lassen.»

77 Stockwerke weiter unten steht der zweite Professor im Bunde, der als der umsichtigere und gemütlichere gilt, in seinem gewöhnlichen grauen Professorenanzug aus grobem Manchesterstoff auf dem hellblauen Asphalt.

Oben, nur noch bei genauem Hinhören verständlich, schallt von unten der Ruf nach oben zurück: «Springen Sie, verehrter Kollege.» Der Professor im schwarzen

Samtoverall auf der Brüstung streckt den Körper behände nach athletischer Manier durch, spannt die Muskeln.

«Achtung, fertig, los!» Gespannten Körpers lässt sich der Professor frei hinaus- und hinabfallen.

Unten, auf hellblauem Asphalt, sieht der zweite Professor im Bunde den fliegenden Professor herannahen. Seelenruhig hält er das mit Rotwein gefüllte Weinglas des Experiments. Die Vermutung der Professoren scheint sich zu bewahrheiten – je schneller der Professor im schwarzen Samtoverall fliegt, desto kleiner scheint dieser zu werden. Der Professor, der das Weinglas hält, wartet gespannt ab und beobachtet genau. Bald ist er sich aber sicher: Der fliegende Professor wird immer schneller und immer kleiner.

Da dauert das Experiment nur noch einen Augenblick. Es bedarf lediglich eines geschickten Schwenkers aus dem Handgelenk des wartenden Professors, um eine winzige, nötige Korrektur der Position des vollen Weinglases vorzunehmen. Schon stürzt der fliegende Professor in den bereitgehaltenen Wein, taucht wegen der hohen Geschwindigkeit tief ins Glas hinein.

Im selben Moment muss der Professor im grauen Manchesteranzug das Weinglas unmittelbar über dem Boden in Schräglage halten, so dass der eingetauchte Professor rechtzeitig, bevor er wegen der Bremswirkung des Weins wieder anzuwachsen beginnt, wobei er sich, würde er im Wachsen das Glas sprengen, verletzen könnte, was es unter allen Umständen zu vermeiden gilt, zusammen mit etwas Wein aus dem Weinglas hinausgespült wird.

Schon steht der abenteuerliche Held der Wissenschaft in seinem schwarzen Samtoverall wieder in voller Körpergrösse da – noch während sein behäbigerer und den Sinnesfreuden zugetanerer Kollege sich den ersten Schluck Wein genehmigt, den sich einzuverleiben ihm für die Dauer des Experiments aus wissenschaftlichen Gründen untersagt war.

Auf dem Parkdeck im 77. Stock rupft unterdessen die Tochter die Alufolie von der übrigen Schokoladentafel, so dass die Alufolienschnipsel im bläulichen Licht flirren, stopft sich die Schokolade in die Backen, spurtet los und stürmt immer einige Stufen überspringend den Treppenschacht hinab.

DAS PROBLEM DES ZOOS

Ein Mann, der immer wieder einmal damit beauftragt wird, Probleme zu lösen, wird damit beauftragt, das Problem zu lösen, dass in einem Zoo, der auf einem Stockwerk in einem Hochhaus untergebracht ist, die ausgestellten Tiere aus ihren Gehegen ausgebrochen sind. Der Zoo möchte aber während der Problemlösung ständig für Besucher offen bleiben, damit er keine finanziellen Verluste erleiden muss. Der Mann, der mit dem Problem beauftragt ist, kümmert sich also darum.

Die Besucher streicheln Ziegen und Rehe und setzen sich auf sehr grosse Schildkröten, um zu ergründen, ob die Schildkröten mit dem zusätzlichen Gewicht eines Menschen sich noch bewegen können.

Es gibt viele Besucher und viele Tiere.

Da erreicht den Mann aus den vielen Besuchern und Tieren heraus ein junger Elefant und reibt seinen jungen, aber doch schon recht schweren Kopf an des Mannes Bein. Der begreift, dass der Elefant möchte, dass der Mann ihm folgt. Der Mann trottet hinter dem Elefanten her. Sie erreichen verlassenere Bereiche des Zoos.

Da stürzt sich aus der Unübersichtlichkeit der aufgebrochenen Gehege ein Panther auf den Elefanten. Die Tiere rumoren, machen feindselige Geräusche und entfernen sich in einem bösartigen Gerangel ein wenig vom Mann, der erschreckt, den es schauert und der dann Rückwärtsschritte macht.

Noch einmal hauen und kratzen sich die im Gerangel vertieften, verfangenen und verkeilten Tiere der Wildnis am Mann vorbei, der erschrockene Rückwärtsschritte macht und dann an eine Tür gerät, hinter die er sich in ein Verwaltungsbüro des Zoos flüchten kann, die Türfalle krampfhaft nach oben zerrend, so dass die Falle von aussen nicht nach unten gedrückt werden kann.

Mit verbissenem Gesicht muss der Mann sich eingestehen, dass er zu erschrocken und überfordert ist, um das Problem des Zoos zu lösen.

DIE VERBRINGUNG DES SCHWEIZER GOLDES DURCH COSTALENA RAUCH

Eine Frau müht sich im Wald mit zwei braunen, schweren Ledertaschen ab, die sie an deren Lederriemen über die Schultern trägt. Zusätzlich hält sie die Lederriemen an den Schultern mit den um die Lederriemen geschlossenen Fäusten fest, damit diese nicht wegen der schlingernden Taschen abrutschen. Es ist ein mühseliges Fortkommen.

Auf einmal taucht aus dem Schatten der Bäume eine Horde Banditen auf, die düstere Gesichter machen. «Gib die Taschen her!»

Die Frau bleibt stehen. Es ist hörbar, dass sie vom Tragen stark atmen muss. Sie würde sich noch so gern der Taschen entledigen, jedenfalls macht sie schon Anstalten, ein erleichtertes Gesicht zu machen.

Da tritt aber aus dem Schatten der Bäume eine weitere Frau hervor. «Halt, stopp! Dies ist das Gold der Schweizer, ich bin Schweizerin, dies ist Costalena Rauch, historisch betrachtet eine echte Gräfin, die nun das Gold der Schweizer nach einer kleinen italienischen Insel namens Mangenta verbringt. Diese Verbringung darf nicht unterbrochen werden. Die Schweizer haben das Gold nicht verdient, aber es ist ihnen reichlich zugetragen worden und darum darf man es ihnen nun einmal nicht mehr wegnehmen. Ich selber bin Schweizerin. Wenn ihr nicht von der Gräfin Costalena Rauch ablassen und Abstand nehmen wollt, werde ich mit meinem allerneusten Mobiltelefon die Szene filmen und den Film sofort an die internationale Polizei schicken, die euch

Schweinebande zum vogelfreien Abschuss freigeben wird. Fertig, Schluss!» Schon steht die Schweizerin mit dem Mobiltelefon bereit.

Die Banditen zögern und ziehen sich dann unter vereinbarlichen Blickwechseln zurück. «Lassen Sie sich nicht beirren, Gräfin, fahren Sie fort!»

Wohl oder übel setzt Costalena Rauch ihren Weg nach Kräften fort.

Irgendeinmal trottet die Gräfin dann mit den geschulterten braunen, schweren Ledertaschen, die Fäuste um die Riemen geschlossen, mitten auf einer Landstrasse vor sich hin. Das Brummen eines schweren Motorrades auf der Landstrasse nähert sich ihr. Je näher das Motorrad kommt, desto mehr ist auch hörbar, wie es nicht nur brummt, sondern mindestens ebenso fest knattert. Auf der glänzenden Maschine mit Seitenwagen nähert sich eine Horde Banditen, die Drohgebärden machen. Es sieht ganz danach aus, dass sie im Vorbeifahren einen Lederriemen einer Tasche erhaschen und der Gräfin mindestens eine Tasche entreissen wollen. Die Gräfin macht sich, so gut sie es in ihrem entkräfteten Zustand noch kann, für das Manöver bereit.

Da tritt eine Frau aus dem Schatten der Gräfin. «Halt, stopp! Ich bin eine Schweizerin. Dies ist die Gräfin Costalena Rauch, und dies ist das Schweizer Gold. Und wenn es sich die Schweizer schon nicht erarbeitet haben, so haben sie sich dennoch irgendwie darum verdient gemacht.»

Das Motorrad bremst ab und kommt zum Stehen. Die Banditen machen grosse Augen.

«Die Gräfin verbringt das Schweizer Gold nach einer kleinen italienischen Insel namens Mangenta. Diese Verbringung darf nicht gestört werden. Wenn ihr der Gräfin die Taschen entreissen wollt, werde ich die Szene mit meinem allerneusten Mobiltelefon filmen und den Film der internationalen Polizei schicken.» «Erkennst du uns nicht wieder, du dumme Frau, wir sind die gleiche Horde wie jene zuvor im Wald. Nur haben wir uns diesmal nicht durch die Bäume, sondern auf diesem schicken Seitenwagenmotorrad genähert. Aber dein dummes Gerede haben wir uns im Wald schon einmal in voller Länge angehört, lass gut sein, behalte dein Gold, aber halt bitte einfach den Schnabel, du Schnepfe!»

Das Motorrad wendet und brummt und knattert über die Landstrasse davon.

DIE VERFOLGUNG DES VERDÄCHTIGEN SEILTÄNZERS

Er wollte Polizist werden, um den Tatsachen ins Auge zu sehen. So ist es dazu gekommen, dass er jetzt als Ermittler durch graue Häuserschluchten einen Seiltänzer verfolgt und dabei etwas Seltsames erlebt. Er hat von Anfang an Mühe, mit dem verdächtigen Seiltänzer, der Übung darin hat, seinen Körper zu beherrschen, mitzuhalten. Der Abstand zwischen dem Seiltänzer und dem keuchenden Ermittler vergrössert sich langsam, aber zusehends.

Der Seiltänzer rennt mit hoher Geschwindigkeit die Geraden der grauen Häuserschluchten entlang, schlägt aber auch flinke Haken, wirft sich also in vollem Lauf in die Quere und verschwindet sogleich hinter der nächsten grauen Häuserecke.

Seltsam dabei ist, dass sich der Seiltänzer auf den Geraden vor dem ihm nachhetzenden Ermittler in Luft aufzulösen scheint. Der Verfolger kann ihn nicht sehen, ist sich einfach sicher, dass er in die richtige Richtung hetzt, aber hat den Verdächtigen nicht vor Augen. Erst wenn der verdächtige Akrobat wieder einen Haken schlägt, sieht der Ermittler einen hastigen Augenblick lang die Seitenansicht des Flüchtigen, bevor dieser hinter der nächsten grauen Ecke verschwindet.

Auf diese Weise, mit Rennen und Hakenschlagen, dauert die Verfolgung an.

Dem Ermittler kommt zu Bewusstsein, dass sie sich, wenn es so weitergeht, den wenigen überragend hohen

Häusern der Stadt und den Anlagen des Güterbahnhofs nähern. Er überlegt, ob er zur Verbesserung der Verfolgung einen zweiten Ermittler herbeirufen sollte, auch weil er keuchend und nach Luft lechzend merkt, dass ihm die Geschwindigkeit auf Dauer einfach zu hoch ist. Gerade zur gleichen Zeit müsste sich mindestens ein weiterer Ermittler in der obersten Etage eines bestimmten Hochhauses umtun.

In diesem bestimmten Hochhaus ist es nämlich dazu gekommen, dass sich die Verhältnisse umgekehrt haben. Es handelt sich um das repräsentativste Hochhaus der Stadt, also ein Bauwerk, das gern von Reichen und Erfolgreichen in Beschlag genommen wird. Allerdings fiel bereits kurze Zeit nach der Erbauung des Hauses der futuristische und komplexe Fahrstuhl aus und war leider schadhaft – nicht mehr zu reparieren, weil die Architekten kurze Zeit nach der Erbauung des Hochhauses, in welchem sie ihr Lebenswerk sahen, verstarben, und danach niemand mehr zur Komplexität, die diese Architekten vorgelegt hatten, fähig war, nicht einmal von weither eingeladene lebende Legenden der Architektur.

Der futuristische Fahrstuhl blieb darum still. Die Reichen zogen um in die unteren Etagen des Repräsentationsgebäudes, von wo sie in nicht allzu langer Zeit zu Fuss hinab- und aus dem Gebäude hinausgelangen konnten. In den oberen Etagen stattdessen entwickelte sich ein Eigenleben. Menschen kamen dort aus verschiedensten Gründen zu wohnen, und der übrigen Stadt entging weitgehend, was sich in den oberen Etagen dieses Hochhauses abzuspielen begann, ganz zu schweigen eben von der 275., obersten Etage.

Da hat sich nämlich mit bester Aussicht und Übersicht das organisierte Verbrechen eingenistet und zu blühen begonnen, und da oben müsste sich eben gerade zur gleichen Zeit mindestens ein Kollege in Ermittlungen befinden. Entsprechend erscheint es aber doch zwecklos, dessen Unterstützung herbeizurufen, müsste der Kollege doch zunächst das ganze Hochhaus hinabeilen, um bei der Verfolgung des flüchtigen Seiltänzers zu helfen.

Der keuchende Ermittler erreicht jetzt in Verfolgung des Seiltänzers die Gefilde des Güterbahnhofs. Das Grau der Häuserschluchten wird hier ergänzt durch das Rostbraun von Metallflächen und Drähten. Wieder ist der Seiltänzer in vollem Lauf in der Seitenansicht zu sehen. Weiter vorne rennt er quer zur Laufrichtung seines Verfolgers, wie es scheint über eine geländerlose Metallbrücke, die wiederum in beträchtlicher Höhe das Gewirr der Drähte und Geleise überquert.

Als der Ermittler die Brücke erreicht und sich gerade dem Seiltänzer hinterher in die Quere werfen will, um über die Brücke zu hasten, muss er mit Erstaunen feststellen, dass es sich nicht, wie es schien, um eine Brücke handelt, sondern lediglich um einen Verlauf rostiger Metalltafeln, die, an den Kanten aneinandermontiert, das Geflecht der Geleise überqueren.

Über den Verlauf der Metalltafeln, deren Oberseite nur aus einer rostigen Kante besteht, lässt es sich unmöglich rennen – es sei denn, man sei eben Seiltänzer.

Und nun vermag der Ermittler, der, nach Luft ringend, den Oberkörper gebeugt, die Hände auf den Knien abgestützt, dem enteilenden Flüchtigen nachzusehen versucht, zu erkennen, dass dieser gar keine Körperbreite hat. Der Seiltänzer hat nur eine Seitenansicht, eine Vorder- und Rückansicht hat er nicht, und wenn man natürlich keine Körperbreite hat, ist verständlich, warum man ein begabter Seiltänzer wird, weil gegen gar keine Breite muss einem auch die Breite einer Metallkante unendlich breit vorkommen.

Gerade ist wieder ersichtlich, wie der Seiltänzer in weiter Ferne auf der anderen Seite der Geleise einen weiteren Haken schlägt und in seiner geschwinden Seitenansicht hinwegfegt.

Der Ermittler lässt es bleiben. Zu versuchen, einen solchen Menschen zu verfolgen, macht bei der erstaunlichen Eigenschaft, die der Ermittler nun über diesen in Erfahrung gebracht hat, einfach keinen Sinn.

DER HUNDERTJÄHRIGE HOLZBODEN

Als ein Mann aufwacht, hört er ringsherum den hundertjährigen Holzboden knirschen und knacken. Für den Mann im gutmütigen hellgrauen Bett hört es sich an wie Tosen und Krachen ringsherum. Der Mann beschliesst im Bett zu bleiben, in welchem es verhältnismässig ungefährlich zu- und hergeht.

Einmal hatte sich zwar eine Biene unter die Bettdecke verirrt, und als sich dann der Mann im Aufwachen zu bewegen begann und in der Bewegung die Biene unter der Bettdecke einengte, die wohl ohnehin bereits im Verenden lag, stach sie zu und den Mann ins Bein und bereitete ihm damit die Schmerzen eines Bienenstichs. Aber das war damals die Natur der Biene, und der Zufall, dass sich eine Biene unter die Bettdecke verirrte, ist bis zum heutigen Tage nur dieses einzige Mal vorgekommen. Ansonsten ist es im hellgrauen Bett stets still und gefahrlos geblieben, warum es eigentlich keinerlei Grund gibt aufzustehen und sich dem hemmungslosen Getöse ausserhalb des Bettes auszusetzen.

MADEMOISELLE LA ROUGE

Ein schwarzer Wagen steht vor einer Villa. Zwei Männer in schwarzen Wildlederjacken und schwarzen Baumwollhosen stehen vor der Tür der Villa. Die Villa steht rosarot, alt, heruntergekommen, dem Zusammenbruch nahe und wunderschön im ungepflegten, wuchernden Gras.

Die Tür geht auf. In der Tür steht eine verstaubte Frau, gekleidet in einen Hauch von nichts, dies aber mehrfach, so dass sich insgesamt dann doch eine eigentümlich geschichtete Kleidung ergibt, allerdings eine sehr bunte, eine Art Gefieder aus gelb, rosarot, lila, violett.

«Sind Sie die Polizisten?» «Ja, Sie haben uns angerufen, Mademoiselle La Rouge?»

Die Frau macht eine Bewegung, um besser an den Männern vorbeisehen zu können.

«Ist das Ihr Wagen?» «Ja, unser Dienstfahrzeug.» «Ein exzellentes Automobil.» «Kennen Sie sich aus mit Automobilen?» «Nein, aber ich sehe es dem Wagen an. Sehen Sie doch, wie schön schwarz er ist.»

Die Polizisten versuchen die Sicht der Frau nachzuempfinden, und tatsächlich gibt der schwarze Hochglanz des Wagens im silbergrünen Mattglanz des wuchernden Grases ein Bild ab, das man nicht so schnell vergisst.

«Aber ich bitte Sie, treten Sie ein, meine Herren. Aber seien Sie vorsichtig, hier in der Halle ist es recht dunkel und der Tote ist gleich hier, nicht weit hinter der Tür, zu liegen gekommen.»

Die Frau geht den Polizisten voran. Die Polizisten folgen ihr. Einer beugt sich kurz zum menschlichen Körper hinab, der in seinem Blut liegt, eindeutig tot, und beeilt sich dann, der Frau und seinem Kollegen in den Salon zu folgen.

Der Salon ist ganz im Gegensatz zur Halle lichtdurchflutet.

«Setzen Sie sich in die Sessel. Ich selber sitze immer auf dem Sofa.»

Sie drückt den Polizisten je ein Glas in die Hand, selber nimmt sie sich auch eines und eine Flasche.

«Trinken Sie Whiskey, meine Herren?» «Ja, gern, warum nicht.»

Die Frau füllt freimütig die Gläser.

«Seit ich ihn vorhin erschossen habe, dürstet mich nach echtem Alkohol, aber ich dachte mir, ich warte mit Trinken, bis Sie kommen.» «Sie haben also den Mann, der in der Halle liegt, erschossen?» «Ja, damit.»

Sie zeigt den Polizisten eine kleine und feine Pistole, die sie ihrem Federkleid entnimmt. Schon steht einer der aufmerksamen Polizisten, dem Sessel entsprungen, am Sofa und hat der Frau, ihre Hand nur leicht ergreifend, die Pistole abgerungen.

«Die Waffe überlassen Sie lieber uns.» «Haben Sie keine Angst, sie ist leer, ausgeschossen gewissermassen. Sechzehn Mal habe ich geschossen, acht Patronen passen in ein Magazin, dann setzte ich das Reservemagazin ein und hatte weitere acht Schuss. Die Waffenmarke heisst Emily, ich habe diese kleine, beinahe ungefährliche Pistole damals in den guten und blühenden Zeiten von Dschingis Spice geschenkt bekommen zu meiner Verteidigung.» «Dschingis Spice?» «Ja, genau, er war damals mein Manager. Viele der berühmtesten Leute waren damals unter seiner Fuchtel, ich selber hatte ja nur einen einzigen grossen Erfolg, und in dieser Zeit meines grossen Erfolges sind wir natürlich zusammengekommen, Dschingis und ich, und ich muss sagen, es hat dann eigentlich recht lange angehalten. Jedenfalls hat er mich bestimmt nicht beschissen, er hat mich überhäuft mit Geld. Ich hatte einen einzigen Kassenschlager und damit habe ich Millionen und Abermillionen gemacht. Das Geld habe ich natürlich längst verprasst, aber es waren Abermillionen. Beispielsweise kaufte ich diese trauliche rosarote Villa davon. Wollen Sie es hören?» «Was hören?» «Mein Lied, der Kassenschlager.» «Gern, warum nicht.»

Die Frau bedient ihr Mobiltelefon. «Passen Sie auf, ich habe in diesem Raum eine gewaltige Musikanlage installiert.»

Da rauscht, in einer Lautstärke, die die Polizisten der Frau und ihrem zerfallenen Haus niemals zugetraut hätten, ein unglaubliches Lied los. Die Frau singt nicht mit, sie lauscht genau, wie die Männer überrascht und andächtig lauschen. Den Polizisten entfallen die Gesichter, so etwas haben sie noch nie gehört. Erst als das Lied zu Ende ist, kehrt Kontrolle in ihre Gesichter zurück.

«Mademoiselle La Rouge, ich gratuliere, dies ist ein unglaublich schönes Lied!» «Ich weiss, etwas von dieser Güte können Sie nicht wiederholen. Niemand kann das, es ist, was das Musikgeschäft betrifft, der einzige unangefochtene Kassenschlager der Welt. Er hat mir grossen Erfolg beschert und eine Weile lang eine schöne Beziehung zu Dschingis, der immer die Marotte hatte, mich beschützen zu wollen und mir im Zuge dessen diese kleine Pistole schenkte, Ironie des Schicksals.» «Und wer ist der Tote in der Halle?» «Nikola Spice, der Sohn von Dschingis.» «Wie kommt es dazu?» «Offenbar ist Dschingis kürzlich verstorben. Ich konnte es nicht ahnen, es ist lange her, dass wir uns das letzte Mal gesehen haben. Nach dem Tod des Vaters hat offenbar dieser Jüngling Nikola die Geschäfte übernommen. Sie haben vielleicht davon gehört, meine Herren, das Musikgeschäft ist längst nicht mehr, was es war. Freilich, jeder ist sich selbst der Nächste, wie früher, aber die Gewinne sind längst in andere Geschäftswelten abgeflossen. Offenbar verwahrte Dschingis bei sich Papiere, in denen ich irgendwann per Unterschrift bestätigte, dass meine sämtlichen Gelderträge meines Erfolgs allein ihm gehörten. Warum er mich mit diesen Papieren entrechtete und sie all die Jahre aufbewahrte, weiss ich nicht. Er ist jedenfalls mir gegenüber nie darauf zurückgekommen und er wäre auch nie darauf zurückgekommen, geschweige denn, dass er irgendetwas von mir verlangt hätte, das weiss ich. Der Sohn hat aber offenbar nun diese Papiere gefunden und wurde damit vorhin unangemeldet bei mir vorstellig. Er wollte mich in Schulden stürzen, mir alles wegnehmen, was ich habe. Ich habe mir die Papiere auf diesem Sofa, auf dem ich jetzt sitze, so wahr ich hier sitze, ganz genau durchgelesen und bin zum Schluss gekommen, dass Nikola Spice alles Recht dazu hatte, mir alles wegzunehmen. Ich habe ihm gesagt, dass ich verstehe, habe ihn aus dem Salon gebeten und bin ihm nachgegangen. Er ging ganz einfach vor mir durch die Halle und ich habe ganz einfach die Pistole gezückt, die ich stets in meinem Kostüm mit mir herumtrage, weil ich mich an dieses kleine, zutrauliche Gewicht gewöhnt habe, und habe angefangen zu schiessen. Nach acht Schüssen habe ich das Magazin gewechselt und weitergeschossen. Verstehen Sie, eine Patrone reicht nicht, das hat mir Dschingis damals erklärt. Wenn es wirklich ernst wird, musst du draufhalten, hat er gesagt, und nun hat es leider sein eigener Sohn zu spüren bekommen.» «Das ist eine traurige Geschichte.» «Ja, das ist eine traurige Geschichte. Unmittelbar danach packte mich wahnsinniger Durst nach Alkohol, aber zuerst habe ich die Polizei angerufen, und dann habe ich gewartet, bis Sie gekommen sind.» «Sie sind genau richtig vorgegangen, lassen Sie uns Ihnen versichern, wir werden alles dafür tun, dass Sie davonkommen. Aus zwei Gründen: Zum einen ist es wohl das schönste Lied, das wir je gehört haben. Zum anderen können wir ganz einfach verstehen, warum Sie diesen niederträchtigen Mann, diesen Erben, diesen erbärmlichen Sohn erschossen haben.»

Mademoiselle La Rouge giesst in alle drei Gläser Whiskey nach, dann schüttelt und streicht sie ihr Federkleid zurecht.

«Danke, meine Herren, ich bin Ihnen in voller Dankbarkeit verbunden. Ich verspreche Ihnen, ich werde den Lauf der Welt weiter nicht stören. Ich darf einfach nicht sterben, bevor dieses Haus einstürzt. Dies ist meine Villa, ich bin tot, sobald sie zusammenbricht.»

Die Zivilpolizisten stehen auf. Einer steckt die kleine Pistole in die schwarze Wildlederjacke.

«Wir wünschen Ihnen alles Gute, Mademoiselle. Es wird später jemand kommen, um den Toten abzuholen, und danach wird jemand kommen, um die Halle zu reinigen. Danach werden wir Sie mit grösster Wahrscheinlichkeit nicht mehr behelligen.»

Die Männer durchqueren die dunkle Halle, verlassen die rosarote Villa und fahren im schwarzen Dienstwagen davon.

SCHICHTKREBSE

Ein Mann in grober brauner Kleidung, zu der auch ein Hut gehört, hätte auch in ein anderes Geschäft gehen können. Er hat sich aber von aussen für dieses entschieden.

Von aussen kann man es nur erahnen, aber das ganze Innere ist in himbeerenen und weissen Streifen gehalten. Das heisst, Boden, Wände und Decke sind himbeer und weiss gestreift. An der rückwärtigen Wand gibt es allerdings eine Aussparung, hinter der eine Theke aus Chromstahl angebracht ist. Überhaupt scheint der kleine Raum hinter der Aussparung ganz mit Chromstahl ausgeschlagen zu sein.

An der Chromstahltheke steht eine Frau in einem himbeer und weiss gestreiften Kostüm. Der Mann ist mitten im himbeer und weiss gestreiften Geschäft stehen geblieben und knetet den Hut in den Händen. Er ist unsicher, ob ihm in diesem Geschäft ganz wohl ist.

Der Mann zur Frau hinter der Theke: «Was möchten Sie mit diesem Geschäft erreichen?»

Die Frau: «Etwas verkaufen selbstverständlich.»

Der Mann: «Was haben Sie denn anzubieten?»

Die Frau: «Schichtkrebse. Können der Herr nicht lesen? Es steht draussen angeschrieben.»

Der Mann: «Nein, ich habe dieses Geschäft wegen der Farben Himbeer und Weiss betreten. Was sind Schichtkrebse?»

Die Frau: «Stolzieren ahnungslos hier herein, der Herr, und wissen nicht einmal, was Schichtkrebse sind.»

Die Frau greift an eine Stelle in ihrem Chromstahlraum, die vom himbeer und weiss gestreiften Raum des Geschäfts her nicht einzusehen ist – es klingt, als würde sie in Schrauben und Scheiben und Muttern wühlen – und zerrt ein Ding herbei, das klackert, als sie es auf die Chromstahltheke knallt und niedergedrückt hält.

Die Frau: «Hier, die simpelste Variante eines Schichtkrebses. Ein Krebs, der aus mehreren krebsartigen Schichten besteht. Dieser hier aus zweien. Sehen Sie, er hat vier Hände, das heisst Scheren. Mit vier Scheren ist er schon beinahe doppelt so schwer wie ein normaler Krebs. Sie können aber auch einen dreischichtigen mit sechs Scheren haben oder einen mit acht, und so weiter. Einmal habe ich einen verkauft, der bestand aus zehn Schichten übereinander, das heisst zwanzig Scheren. Der sah aus wie ein Turm, den haben seine eigenen Beine beinahe nicht mehr tragen können. Soll ich Ihnen einmal einen mit zehn Scheren vorführen?»

Der Mann: «Nein danke, ich glaube nicht, dass ich Interesse daran habe.»

Die Frau: «Hier ist einer mit zehn Scheren.»

Es klackert auf der Theke.

Die Frau: «Und hier ist sogar einer mit einfach nur zwei Scheren, das heisst eigentlich sogar gar kein Schichtkrebs, sondern ein ganz einfacher Krebs.»

Der Mann: «Danke Ihnen vielmals, aber ich muss jetzt langsam gehen.»

Die Frau: «Wo wollen Sie hin, jetzt wo ich Ihnen alles detailreich vorführe?»

Der Mann: «Ich sollte eben heute noch einen wichtigen Umschlag von der Post geliefert bekommen, der mir nur gegen Unterschrift überlassen wird. Darum müsste ich jetzt heim, um zu warten, damit ich die Zustellung nicht verpasse.»

Die Frau: «Ach so, langweilig in dummen braunen Kleidern herumstehen und die schöne Ausstaffierung meines Geschäftes anglotzen und dann sind er mir nichts, dir nichts in Eile, der Herr, wo er gerade noch Interesse geheuchelt hat.»

Der Mann knetet den Hut: «Entschuldigung, ich glaube, ich muss langsam gehen. Wenn ich nicht rechtzeitig daheim bin, bevor die Post kommt, um zu unterschreiben, damit ich den Brief bekomme, wird es für mich sehr umständlich. Ich müsste dann an einem anderen Tag persönlich auf die Poststelle, wo mein Umschlag gelagert würde, um ihn abzuholen. Das würde sehr kompliziert für mich, gerade wochentags, weil wochentags arbeite ich.»

Die Frau macht eine ausholende, erzürnte Geste, so dass sie mit Schwung die Krebse von der Chromstahltheke hinwegfegt. Es klackert und klingt nach metallischen Zusammenstössen im Chromstahlraum.

Der Mann knetet den Hut, weiss nicht, wohin mit sich und ringt sich dann doch dazu durch, das Geschäft zu verlassen.

SILBERBLAUES INTERIEUR EINES ANTIQUIERTEN PALASTHOTELS

Ein bürgerliches Ehepaar, beide mit bürgerlichen Scheitelfrisuren, stellt sich an die weiss marmorierte Reception eines antiquierten Palasthotels. Wände und Decke der Lobby sind silberblau. Die Reception ist von einer Frau besetzt, die vermittels verschiedenster kleiner, unnötigster Verrichtungen deutlich zum Vorschein kommen lässt, dass sie zwar nichts zu tun hat und dennoch zunächst nicht gewillt ist, die Milde walten zu lassen, dem Ehepaar Beachtung zu schenken.

Dann beachtet die Receptionistin das Ehepaar aber doch, indem sie ihm einen Blick zuwirft.

Dann dreht sie an einem Messingrad. Den Wänden entlang, aus dem Boden, entspringen Gasflammen. Die Flammen sind durch eine Messingleitung miteinander verbunden. Es zeigt sich, dass über den Flammen Kleider sorgfältig aufgehängt sind.

Die Receptionistin zum Ehepaar: «Meine Gäste sind ausschliesslich Grössen des internationalen Parketts. Ausschliesslich Frauen, ausschliesslich solche, die es lieben, Abendkleider zu tragen. Weil sie aber überhaupt alle betagt sind, verkühlen sie sich leicht. Darum habe ich diese Maschinerie der Gasflammenkette aufgebaut. Die Frauen hängen die Kleider, die sie zu tragen beabsichtigen, über die Öffnungen in der Messingleitung, aus denen die Gasflammen entspringen. Die Kleider werden sodann für den angenehmen Gebrauch vorgeheizt. Die Frauen erscheinen des Abends frisiert, geschmückt und in Schuhen, werfen sich hier in der

Lobby nach Belieben in ihre Roben und müssen den ganzen weiteren Abend lang nie frieren.»

Die Receptionistin reicht nun dem verdutzten bürgerlichen Ehemann ihre Hand dar.

«Ich wette, Sie fahren einen Ferrari und dieser Ferrari ist rot.»

Dankbar, dass er nun weiss, was zu tun ist, ergreift der Mann die Hand und schüttelt sie.

«Erfreut, darf ich mich vorstellen?»

Die Receptionistin: «Nein, dürfen Sie nicht, ich reiche Ihnen die Hand nicht, um Sie zu begrüssen, sondern damit Sie wegen der Wette einschlagen.»

Der Mann: «Welche Wette?»

Die Receptionistin: «Ich wette, Sie fahren einen roten Ferrari.»

Der Mann wieder verdutzt: «Wie kommen Sie darauf? Aber es stimmt, Sie haben recht, einen roten Ferrari.»

Die Receptionistin: «Die Frauen, die meine Gäste sind, fahren niemals Ferrari, sie fahren ausschliesslich nachtblaue Rolls-Royce, weil Nachtblau zum Interieur dieses Palasthotels passt. Sie fahren einen roten Ferrari und dies ist aber mein Palasthotel, ich bin die Receptionistin und gleichsam die Direktorin. Und wer in diesem Hotel Gast ist, bestimme ich. Sie werden niemals Gast werden. Vergessen Sie es, denken Sie nicht einmal daran, niemals, Blau und Rot sind Komplementärfarben. Und was heisst das? Das heisst, Blau und Rot beissen sich, merken Sie sich das in ihren belämmerten Bürgerschädeln. Und was ergibt Blau und Rot?»

Die Receptionistin bringt es zustande, sich auf eine vertrackte Weise so über die weiss marmorierte Reception hinwegzubeugen, dass sie die bürgerliche Ehefrau unter dem Kinn zu kraulen vermag.

«Na, du kleine Ehefrau, kannst du dir denken, was Blau und Rot ergibt?»

Die Frau: «Violett.»

Die Receptionistin: «Wenn man Blau und Rot mischt, ergibt es Violett, und will jemand Violett?»

Die Receptionistin ruft in die leere, blausilberne Lobby hinaus: «Will hier irgendjemand Violett?»

Dann wieder zum Ehepaar: «Sehen Sie hier irgendjemanden, der Violett haben will?»

Das Ehepaar dreht die Köpfe in alle Richtungen, aber die Lobby ist und bleibt leer.

Das Ehepaar: «Nein.»

Die Receptionistin: «Abgesehen von Ihnen und mir ist diese Lobby zu nachtschlafener Stunde vollkommen leer, und dieses Palasthotel gehört mir.»

Die Receptionistin schlägt sich die Hände auf die Brust:

«Und ich bin sogar die allerletzte, die hier Violett sehen will!»

Der Mann: «Aber Sie können den Ferrari doch von hier aus gar nicht sehen.»

Die Receptionistin: «Aber ich weiss, dass er da ist.»

Der Mann: «Aber es ist tief in der Nacht.»

Die Receptionistin: «Wer einen hässlichen roten Ferrari fahren kann, kann auch tief in der Nacht einen anderen Ort finden als diesen hier. An diesem Ort sind Sie nicht erwünscht. Auf Wiedersehen, meine Herrschaften.»

ZWEI FRAUEN, EIN BANKVORSTEHER UND EIN FRISEUR

Zwei Frauen kommen durch die Tür in ein sandfarbenes Büro. Da ist ein flauschiger sandfarbener Teppichboden, ein sandfarbenes Pult, ein sandfarbener Stuhl und auf dem Stuhl am Pult sitzend ein Mann. Die Frauen tragen schwarze Hosen und weisse, bauschige Blusen. Sie haben schwarze Haare, exakt die gleiche Frisur und die gleichen schwarzgeränderten, groben Brillen. Sie schliessen die Tür, treten an das Pult, eine nimmt aus der Hosentasche ein Blatt Papier, das sie entfaltet. Die Frauen betrachten das beschriebene Papier, lesen ungefähr eine Zeile und sprechen dann den Mann an.

«Verzeihung, wir verstehen Ihre Sprache nicht.»

Die Frauen lesen und sprechen dann: «Wir sind Zwillinge mit schwarzen Haaren, wir haben die gleiche Pagenfrisur und die gleichen Brillen. Wir interessieren uns für Ihre Arbeit.»

Der Mann macht ein weites und fragendes Gesicht: «Sind Sie sicher, dass Sie zu mir wollen? Ich bin der Vorsteher dieses Bankhauses.»

Die Frauen lesen auf dem Blatt und sprechen dann: «Verzeihung, wir sind Zwillinge, wir verstehen Ihre Sprache nicht. Wir interessieren uns für Ihre Arbeit.»

Der Bankvorsteher kann sich nun doch eine Art Lächeln abringen: «Sie brauchen sich nicht zu wiederholen, ich habe Sie schon verstanden. Ich bin der Vorsteher dieses Bankhauses.»

Die Frauen: «Wir interessieren uns für Ihre Arbeit.»

Der Bankvorsteher: «Ich leite dieses Bankhaus, ich mache Geldgeschäfte. Wenn Sie welches haben, können Sie mir ihr Geld überreichen und ich lasse es in unserem Haus für Sie aufbewahren und sicher verwahren. Dafür, dass Ihr Geld bei uns in Sicherheit ist, muss ich Ihnen dann freilich etwas verrechnen. Das heisst: Wenn Sie später einmal wiederkommen, um Ihr Geld abzuholen, werden Sie ein klein wenig weniger zurückbekommen als Sie mir gegeben haben. Dafür brauchen Sie sich in der Zwischenzeit keinerlei Sorgen um Ihr Geld zu machen.»

Die Frauen: «Wir verstehen Ihre Sprache nicht.»

Der Bankvorsteher, weiterhin freundlich, aber dennoch andeutend, dass er nicht endlos Geduld hat: «Aber wie soll ich Ihnen etwas zu meiner Arbeit erklären, wenn Sie meine Sprache nicht verstehen?» Er macht nun deutliche Gesten, die unterstreichen sollen, was er sagt. «Sehen Sie, Sie geben mir Ihr Geld und ich behalte es. Später kommen Sie wieder und ich gebe Ihnen ein klein wenig weniger Geld zurück. In der Zwischenzeit bewahren wir Ihr Geld auf und wir stellen es anderen zur Verfügung, die es gerade nötig haben und die uns ein wenig Geld bezahlen dafür, dass wir ihnen Geld geben, das sie eine Zeitlang brauchen dürfen.»

Die Frauen lesen auf dem Papier und sprechen dann: «Wir verstehen Ihre Sprache nicht. Wenn wir Ihnen Geld geben, müssen wir dafür bezahlen und wenn Sie jemandem unser Geld geben, muss dieser Jemand Ihnen dafür etwas bezahlen?»

Der Bankvorsteher: «Aber welche Sprache sprechen Sie denn? Ich beherrsche auch einige Fremdsprachen. Sagen Sie mir, was Sie möchten: Französisch, Englisch, Chinesisch?»

Die Frauen: «Verzeihung, wir können Sie nicht verstehen, wir denken aber, dass es Ihnen nicht schadet, wenn wir Ihnen eine frische Frisur schneiden lassen, etwas kürzer und etwas korrekter. Ihre Frisur ist im Begriff, sich an den Rändern etwas zu verfransen.»

Der Bankvorsteher scheint zwar etwas verwundert über die Wendung des Gesprächs, sagt dann aber doch: «Warum eigentlich nicht, immerhin kommen Sie ja auf diese Weise auf etwas Greifbares zu sprechen und wir bekommen es mit etwas Begreifbarem zu tun.»

Die Frauen: «Wir haben einen Friseur mitgebracht und werden ihn also hereinbitten.»

Eine der Frauen geht zur Tür, öffnet sie und herein kommt ein Mann. «Ich habe die Tasche draussen stehen lassen, wenn es recht ist. Ich bringe nur das Allernötigste mit hinein. Hier habe ich ein Gefäss mit einem Sprühkopf, so dass ich Ihre Haare befeuchten kann. Hier habe ich einen Kamm und hier das Wichtigste: die Haarschneidemaschine.»

Der Mann geht zum Pult, ergreift die Hand des Bankvorstehers: «Darf ich mich vorstellen, ich bin Friseur.»

Der Bankvorsteher: «Aber bitte schön, tun Sie, wonach Ihnen der Sinn steht.»

Der Friseur geht ums Pult herum, bewundert den Teppich. «Ein wunderbarer sandfarbener Teppichboden, den Sie haben verlegen lassen.» Er ergreift den Kopf des Bankvorstehers und bewegt diesen ein wenig im Licht, so dass er den Kopf von verschiedenen Seiten beleuchtet und zu Gesicht bekommt. «Ich denke, eine korrekte Kurzhaarfrisur würde Ihnen vorzüglich passen.»

Der Bankvorsteher: «Aber bitte.»

Der Friseur befeuchtet die Haare des Bankvorstehers mit dem Sprühgefäss, sodann zieht er mit dem Kamm feuchte Strähnen lang und wischt hurtig mit der Haarschneidemaschine hindurch. Seine geschmeidigen Arme und Handbewegungen offenbaren, dass er weiss, was er tut, und Erfahrung hat.

Der Friseur: «So, das dürfte genügen. Nicht schlecht, würde ich meinen.»

Er geht ums Pult herum. Mit Sprühgefäss, Kamm und Haarschneidemaschine verlässt er das Büro.

Der Bankvorsteher greift sich in die Haare: «Es fühlt sich nicht schlecht an, aber der Mann hat nur die Spitzen geschnitten. Meine Haare sind gar nicht viel kürzer als vorher, dabei hat er doch von einer Kurzhaarfrisur gesprochen.» Er wendet sich an die Frauen: «Was meinen Sie dazu, Sie haben doch den Friseur mitgebracht, um mir eine Kurzhaarfrisur schneiden zu lassen.»

Die Frauen: «Es sieht nicht schlecht aus, es wird allerdings nicht allzu lange dauern, bis Sie wieder einen Friseur brauchen.»

Der Bankvorsteher: «Eben, sag ich doch. Ich werde nachsehen, ob der Friseur noch draussen ist und ihn bitten, mir die Frisur doch noch etwas kürzer und frischer zu machen.» Er steht auf, geht zur Tür, öffnet sie, guckt hinaus: «Herr Friseur, bitte kommen Sie noch einmal zurück.» Er geht zurück ans Pult, setzt sich. Herein kommt der Friseur, schliesst die Tür.

Der Bankvorsteher: «Bitte, etwas kürzer noch.»

Der Friseur: «Wie Sie wünschen. Lassen Sie mich draussen mein Gerät aus der Tasche holen.»

Die eine Frau begleitet den Friseur nach draussen. Die andere kommt zum Pult, liest vom Papier und spricht zum Bankvorsteher: «Verzeihung, es bleibt sich gleich, wir verstehen Ihre Sprache nicht. Wenn wir Ihnen Geld geben, müssen wir ein wenig Geld dafür bezahlen? Wenn Sie jemandem unser Geld geben, um es von diesem Jemand eine Weile lang brauchen zu lassen, muss dieser Jemand Ihnen dafür Geld bezahlen? Ist da nicht etwas falsch?»

Der Bankvorsteher verliert etwas die Fassung. Nicht dass er ungehalten würde, es ist eher so, dass ihn das, was gerade geschieht, gründlich zu verwirren beginnt. «Sie kommen zu mir und wollen über Geld sprechen. Danach bringen Sie mir einen Friseur herein.»

Die Frau: «Wir interessieren uns für Ihre Arbeit.»

Der Bankvorsteher: «Aber was hat ein Friseur damit zu tun?»

Der Bankvorsteher denkt nach, stützt die Ellbogen aufs Pult, verbirgt das Gesicht in den Händen, denkt nach. Eine geraume Weile bleibt es still, dann bringt er aus den Händen ein ausdrucksloses Gesicht wieder zum Vorschein und wendet sich an die Frau:

«Es ist falsch, was ich tue, es ist falsch, was dieses Bankhaus tut. Das eine gibt das andere, aber am Ende geht es nicht auf. Es ist falsch, aber ich bin, was ich bin. Das Haus ist, was es ist. Daran ist nicht zu rütteln. Weiter weiss ich nicht. Wohin weiss ich nicht. Ich glaube, es ist das Beste, Sie geben mir den Gnadenschuss.»

Die Frau: «Ich bin nicht sicher, ob ich Sie richtig verstehe: Möchten Sie sich die Haare noch etwas kürzer schneiden lassen oder möchten Sie erschossen werden?»

Der Bankvorsteher: «Ich glaube, ich möchte erschossen werden.»

Die Frau ruft nach der offenen Tür: «Der Mann möchte den Gnadenschuss.»

Die andere Frau kommt wieder herein. Ihr folgt der Friseur, geht geradewegs an das Pult. Die Frauen schliessen die Tür und bleiben nebeneinander an der Tür auf dem sandfarbenen Teppich stehen.

Der Friseur zum Bankvorsteher: «Ich habe das Gerät gewechselt. Sind Sie sich sicher, dass Sie sich sicher sind?»

Der Bankvorsteher: «Ich glaube schon, weil mir fällt gerade nichts anderes mehr ein.»

Der Friseur: «Dann machen Sie bitte den Hals lang, recken Sie das Kinn und bieten Sie mir die Stirn dar.»

Der Friseur macht einen Schritt zurück und hebt mit beiden Händen eine Pistole. «Dies ist eine P210. Ein etwas drastisches Gerät für Innenräume, aber die Tasche, die ich mitgebracht habe, ist eben nur mit den nötigsten Utensilien ausgestattet.»

Die eine Frau faltet das Papier wieder zusammen, steckt es in die Hosentasche.

Die Frauen: «Dann wollen wir nicht weiter stören. Wir wünschen Ihnen Glück.»

Die beiden Frauen verlassen das Büro, schliessen die Tür hinter sich. Als die Tür ins Schloss klickt, klickt die Sicherung der Pistole.

Danach erschiesst der Friseur den Bankvorsteher.

DIE VERLOBTE

Ein Mann läutet an der Tür und steht dann vor der Tür im Stiegenhaus bereit, in der Hand einen umfangreichen und ausladenden Blumenstrauss von Astern in Lila, Disteln in Silber und Rosen in Rot. Die Tür geht auf.

Der Mann: «Die sind für dich.»

Die Frau, die in der offenen Tür steht: «Wie schön, danke, wie schön die Blumen sind.»

Sie nimmt den Strauss entgegen, macht einen Schritt zurück: «Danke, wie schön dich zu sehen.»

Sie betrachtet das Meer von Blumen: «Danke, das ist ein ganz aussergewöhnlicher Blumenstrauss. Rosen, Astern und Disteln. Seltsam, ich habe noch nie solche langstieligen Silberdisteln gesehen.»

Der Mann: «Man tut, was man kann.»

Die Frau: «Aber willst du nicht hereinkommen?»

Der Mann: «Doch, sehr gern sogar, aber ich will dich vorher auf der Schwelle etwas fragen.»

Die Frau: «Etwas fragen?»

Der Mann: «Willst du mich heiraten?»

Die Freude über die schönen Blumen weicht nicht aus dem Gesicht der Frau, aber es gesellen sich leicht bedauernde und dennoch entschlossene Gesichtszüge hinzu.

«Bedauerlicherweise nein.»

Der Mann: «Nein.»

Die Frau: «Nein, ich will dich nicht heiraten. Ich will nicht und es ginge nicht.»

Der Mann: «Warum nicht?»

Die Frau: «Weil – ich habe mich mit meiner Katze verlobt.»

Nun entsteht seltsame Zuckung im Gesicht des Mannes, die sich dann ganz und gar zu einem Ausdruck der Missbilligung verfestigt.

«Aber das geht doch nicht.»

Die Frau: «Warum nicht?»

Der Mann: «Ich weiss nicht. Das kann nicht sein.»

Die Frau: «Doch.»

Der Mann spannt den Körper und macht zackige Gesten.

«Entweder man heiratet oder man lässt es bleiben. Man heiratet oder nicht, dazwischen gibt es nichts. Heutzutage verlobt sich niemand mehr. Zeig mir den Ring.»

Die Frau: «Es gibt keine Ringe. Ich habe mich mit meiner Katze verlobt.»

Der Mann: «Das gibt es nicht. Ausgeschlossen. Das ist krank. Das ist ekelhaft. Was willst du mit einer Katze?»

Die Frau: «Ich will mit ihr zusammen sein.»

Der Mann: «So etwas ist absolut hirnrissig.»

Er weiss nicht, ob er sie aus dem Augenwinkel von oben durch das Stiegenhaus herab leise und geschwind herannahen sieht oder ob er sie nur von oben herannahen fühlt – jedenfalls fühlt er für den Bruchteil eines Augenblicks eine Katze auf der Schulter, die ihm dann wie ein Hauch übers Gesicht huscht, ihm dabei aber lautlos die Krallen ins Gesicht sticht und dann durch die offene Tür hinter der Frau verschwindet.

Die Hände des Mannes erreichen das Gesicht und befühlen es. Es sind keine tiefen Kratzer festzustellen, nur feine, gezielte Krallenstiche, aus denen aber nun doch ein klein wenig Blut dringt. Der Mann entnimmt der Jackentasche ein Papiertaschentuch, betupft damit das Gesicht.

«Die Katze hat mich verwundet.»

Die Frau steht mit dem Blumenstrauss in der Tür.

«Es tut mir leid. Danke für die schönen Blumen.»

Die Tür schliesst sich.

Der Mann: «Das ist krank.»

Dann stellt er sich ans Stiegengeländer und ruft nach oben und unten in das Stiegenhaus aus:
«Ich bin so froh, dass ich keine hirnverfaulte kranke Frau heiraten muss. Dereinst werde ich jemand Kluges und Schönes heiraten.»

Dann spuckt er gegen die geschlossene Tür. Dann macht er sich schnellen, aber betont festen Schrittes das Stiegenhaus hinab.

EIN ÜBERGROSSER TROPFEN WASSER

Von oben betrachtet sieht die Kleinstadt überall gleich aus: Häuser mit halb aus dem Boden ragenden, rohen, soliden Kellermauern, in die da und dort Kellerfenster eingelassen sind und über denen es Fassaden in verschiedenen Eierschalenfarbtönen gibt, über denen es wiederum brave, leuchtend braune Ziegeldächer gibt. Auch grauere Häuser mit Flachdächern mischen sich ins Bild. Wo gerade Platz genug ist, stehen Bäume. Die Strassen sind angenehm.

Es ist etwa die Mitte des Morgens, die Sonne scheint freundlich auf die Kleinstadt. Allerdings ist gerade überhaupt niemand unterwegs. Normalerweise ist zu jeder Tageszeit irgendwo ein gewöhnliches kleinstädtisches Treiben zu beobachten, aber gerade ist niemand unterwegs. Kein Auto, kein Mensch, keine Geräusche – nur an einem Ort gegenüber der Filiale einer Lebensmittelladenkette, die über ein Flachdach verfügt, schwebt über dem Trottoir, etwa auf Kopfhöhe eines erwachsenen Menschen, ein übergrosser Tropfen Wasser. Ungefähr ein guter Schluck, der in der Morgensonne glänzt.

Nicht sehr weit davon entfernt kommt nun doch ein Mensch aus einem eierschalenfarbenen Haus und geht die Strasse entlang.

Es entgeht dem Mann durchaus nicht, dass gerade überhaupt nichts geschieht, und er überlegt sich, womit die Ereignislosigkeit zusammenhängen könnte. Er überlegt hin und her, kommt auch am Gedanken vorbei, dass es die Stimmung der Morgensonne sein könnte, die Friedlichkeit und Beschäftigungslosigkeit verursacht.

Schon befindet er sich auf dem Trottoir gegenüber der Filiale der Lebensmittelladenkette. Schon will er die Strasse überqueren, um durch die automatische Glastür den Laden zu betreten, da sieht er auf dem Trottoir der anderen Strassenseite seine ehemalige Frau daherkommen. Sie sieht ihn offenbar nicht, will offenbar in den Lebensmittelladen.

Der Mann wusste gar nicht, dass die Frau zurück in der Stadt ist. Wohl blieben beide nach der Scheidung in der Stadt wohnen, aber seit der Scheidung war die Frau mehr oder minder permanent auf Weltreise und führte sich in schneller Folge all das zu Gemüte, wozu sie in den Jahren zusammen mit dem Mann keine Gelegenheit gefunden hatte.

Der Mann und die Frau hegen keinerlei Groll gegeneinander, aber sie sehen sich kaum mehr. Niemand von ihnen wüsste, wozu das noch gut sein sollte. Dennoch beschleicht den Mann, wie er die Frau auf der anderen Strassenseite sieht, wie sie ihn nicht sieht, das seltsame Gefühl einstiger allernächster Verbundenheit, und ganz kurz ist er sich nicht sicher, ob die Scheidung tatsächlich stattfand.

Er hofft es, wäre es doch umso mühseliger, eine Scheidung vorzunehmen von jemandem, den man kaum mehr kennt. Beide müssten viele Papiere ausfüllen, um eine längst vergangene und halb vergessene Geschichte zu bewältigen.

Der Mann ist sich ganz kurz nicht ganz sicher. Er sieht die Frau, wie sie sich auf der anderen Strassenseite anschickt, durch die automatische Glastür den Lebensmittelladen zu betreten. Er kann auch nicht sicher sagen, ob er sich tatsächlich verwundert, die Frau zu sehen, aber offenbar macht er mit offenem Mund einen Schritt.

Etwas glänzt und da spürt er Wasser in seinem Mund, einen guten Schluck. Es geht so schnell, dass er gar nicht anders kann als zu schlucken, und sogleich fühlt er sich erfrischt. Die Sorge kommt auf, dass ihm eine andere Flüssigkeit als Wasser in den Mund geraten ist, aber eigentlich ist er sich sicher, dass es Wasser war.

Einige Minuten später steht der Mann immer noch da, fühlt sich gut, nicht schlecht. Er beschliesst, nicht weiter darüber nachzudenken, wie es dazu kommen kann, dass ein übergrosser Tropfen Wasser in der Luft schwebt, macht einen Schritt und dann noch einen und geht dann weiter auf dem Trottoir die Strasse entlang, als wäre nichts.

Der Laden auf der anderen Strassenseite ist längst nicht der einzige Lebensmittelladen der Stadt und irgendwann wird die Kleinstadt ihre Betriebsamkeit bestimmt wieder aufnehmen.

Ja, da kann er schon irgendwo ein Auto eine Strasse entlangfahren hören und dann noch eines.

Michael Fehr, Erzähler. Geboren 1982, aufgewachsen in Gümligen
bei Bern. Er studierte am Schweizerischen Literaturinstitut und
am Y Institut der Hochschule der Künste Bern. Fehr tritt auf als
Redner, spielt Konzerte mit seinen eigenen Programmen und in
Kollaborationen, wirkt mit in Theaterstücken und Filmen und
gibt Workshops. Zahlreiche Auszeichnungen, unter anderem der
Kelag-Preis am Ingeborg-Bachmann-Preis für den Roman
«Simeliberg».

www.michaelfehr.ch

Bereits erschienen im Verlag
Der gesunde Menschenversand:

super light. Heft zum Bühnenprogramm
Im Schwarm, Audio-CD. 978-3-03853-087-9
Glanz und Schatten, Erzählungen. 978-3-03853-039-8
Simeliberg, Roman. 978-3-03853-003-9
Kurz vor der Erlösung, edition spoken script. 978-3-905825-51-0